CAROLIN HAGEBÖLLING

EIN ANDERER MORGEN

Roman

dtv

Von Carolin Hagebölling
ist bei dtv außerdem erschienen:
Der Brief (26146)

Originalausgabe 2018

Das Werk wurde vermittelt von
erzähl:perspektive Literaturagentur, München
Umschlaggestaltung: Katharina Netolitzky/dtv
unter Verwendung eines Fotos von plainpicture/Büro Monaco
Satz: Greiner & Reichel, Köln
Gesetzt aus der Caslon 10,5/13,9·
Druck und Bindung: CPI – Ebner & Spiegel, Ulm
Gedruckt auf säurefreiem, chlorfrei gebleichtem Papier
Printed in Germany · ISBN 978-3-423-26194-4

Erster Teil DU

Kapitel 1

»Alles in Ordnung, Schatz?« Wie wattiert dringen seine Worte zu dir durch. »Was gibt es denn da so Spannendes?« Du stehst vor dem geöffneten Kleiderschrank, hast den Knauf noch in der Hand und starrst hinein. Seit fünf Minuten? Seit zehn? Was wolltest du hier eigentlich? Du zwinkerst und räusperst dich. Dann schlägst du die Tür entschlossen zu, drehst dich um und sagst, ohne eine Miene zu verziehen: »Ich habe überlegt, wo ich deine Leichenteile am besten verstecke, nachdem ich dich in Stücke gehackt habe.« Er lacht, denn er liebt deinen Humor. Und erwidert: »Vielleicht solltest du mich durch den Häcksler jagen und im Garten verteilen. Dann freuen sich die Erdbeeren.«

Ihr habt euch während des Studiums in München kennengelernt. BWL. Er fünftes, du drittes Semester. Er ist danach zu einem großen Konzern gegangen, du erst mal ins Ausland. Ihr seid trotzdem ein Paar geblieben. Dann irgendwann zusammengezogen, Kinder gezeugt, ein Haus gekauft. Eine Haushälfte, um genau zu sein. Im Grünen, in guter Nachbarschaft und in der Hoffnung, schnell von der Hypothek runterzukommen. Peter, dein Mann, hat sich eine Auszeit genommen, als die Kinder kamen. Für jedes zwei Monate, immerhin. Dir wurde ein Platz in der Firma freigehalten. Jetzt seid ihr Anfang vierzig, Laura geht aufs Gymnasium, Jonas muss die dritte Klasse wiederholen. Dafür hat er einen imaginären Freund und sortiert das Alphabet nach Farben. Du findest das großartig, Peter suspekt. Das Leben könnte kaum normaler sein.

Laura kommt die Treppe hochgestürmt. »Papa, Papa!«, brüllt sie durchs Treppenhaus. Laura ist ein Papa-Kind und ein sehr agiles dazu. Mit aufgerissenen Augen und hochrotem Gesicht stürmt sie ins Schlafzimmer, wo Peter und du immer noch vor dem Schrank stehen. Du kannst ihr gerade noch einen flüchtigen Kuss auf den Mund drücken, bevor sie ihm in die Arme springt. »Wisst ihr waaas«, ruft sie überdreht und zieht das A dabei genüsslich in die Länge. »Neeeein«, antwortet ihr wie auf Knopfdruck. »Ich bin zur Klassensprecherin gewählt worden!«, sagt sie triumphierend und schaut euch erwartungsvoll an. »Toll, mein Schatz«, sagt Peter auch gleich und drückt ihr einen dicken Schmatzer auf die Stirn. »Wir sind stolz auf dich«, stimmst du lobend mit ein und streichelst ihr über den Kopf.

»Und wie hast du das angestellt?«, fragt Peter mit gespieltem Ernst. »Hast du Emil Prügel angedroht, wenn er sich aufstellen lässt?« Emil ist Wiederholungstäter und Klassenrowdy. Ein pubertärer Frühstarter und intellektueller Nachzügler, der kaum weiß, wohin mit seinen Riesenpranken und verbalen Entgleisungen. Der perfekte Gegenspieler für ein kleines, dünnes Mädchen, das seine fehlende physische Substanz mit einem lauten Organ und einem glasklaren Verstand kompensiert. Schon in der ersten Woche des neuen Schuljahres sind die beiden aneinandergeraten. Seitdem ist kaum ein Tag vergangen, an dem Laura nicht lauthals schimpfend nach Hause gekommen ist. Jetzt wirft sie den Kopf in den Nacken und gluckst vergnügt: »Quatsch! Wer will schon einen Idioten als Klassensprecher. Das haben die anderen jetzt auch endlich kapiert.« Dann springt sie Peter vom Arm und ruft: »Was gibt's zum Essen?« Ohne die Antwort abzuwarten, poltert sie die Treppe hinunter. Dich beschleicht das Gefühl, dass es ein hartes Schuljahr für Emil wird.

Es gibt Spaghetti Carbonara, heute musste es schnell gehen. Zum Glück ist es leicht, Kinder kulinarisch zufriedenzustellen. Was man sich ins Gesicht kleben kann und Spritzer auf der Tischdecke verursacht, ist immer lecker. Peter und Laura sitzen schon am Tisch, jetzt fehlt noch Jonas. Du rufst nach ihm. Einmal, zweimal. »Wahrscheinlich spielt er wieder mit seinem Freund«, kommentiert Laura deine Bemühungen spöttisch. Du seufzt und läufst die Treppe zu seinem Zimmer hoch. Du klopfst an und öffnest ganz vorsichtig die Tür. Manchmal kommt es vor, dass Jonas platt auf dem Bauch liegt und durch den Spalt zwischen Tür und Boden starrt. Er mag den Luftzug da unten, hat er dir mal verraten.

Jetzt sitzt er tief versunken auf dem Spielteppich vor ein paar Streichhölzern, die er in undefinierbaren Mustern neben- und übereinandergelegt hat. »Du wirst doch wohl kein Feuer machen«, sagst du sanft und streichelst ihm über den Kopf. Gedankenverloren schaut er auf und sagt: »Nein.« Das ist nach Jonas' Maßstäben eine vollkommen ausreichende Erklärung. Du nickst und sagst: »Okay, dann mach später damit weiter. Jetzt gibt's erst mal Essen.« Jonas steht auf und folgt dir wortlos auf dem Weg nach unten.

Er redet nicht viel, das war schon immer so. Selbst als Baby hat er weniger geschrien als alle anderen Säuglinge. Und viel weniger als Laura. Wenn dich die Leute auf seine Schweigsamkeit ansprechen, sagst du: »Er konzentriert sich auf das Wesentliche.« Was in Jonas' Augen wesentlich ist, bleibt dem unbeteiligten Beobachter allerdings in der Regel verborgen. Manchmal verbringt er voller Hingabe einen ganzen Nachmittag damit, die Kästchen aus seinem Rechenheft auszuschneiden.

Eine Nachbarin hat dich mal gefragt, ob Jonas Autist ist. Wahrscheinlich hat sie ein Synonym für »verrückt« gesucht. Ein junger, eifriger Vertretungslehrer hingegen vertritt felsenfest die These, Jonas sei hochbegabt und an einer normalen Schule heillos unterfordert. Ihr habt ihn testen lassen und wart mit ihm beim Arzt und Kinderpsychologen. Der hat ihn zu seinem imaginären Freund befragt und allerlei Bilder malen lassen. Irgendwann hast du gesagt, jetzt reicht's. Denn Jonas ist weder verrückt noch hochbegabt. Jonas ist einfach Jonas.

Dann sitzt ihr am Tisch, alle vier gemeinsam. Peter ist extra aus dem Büro gekommen, um mit euch Mittag zu essen. Das versucht er immer an den Tagen einzurichten, an denen Laura schon mittags aus der Schule kommt. Du arbeitest halbtags und findest das auch ganz gut so. Was ist schon eine Karriere im Vergleich zu glücklichen und ausgeglichenen Kindern? Als Laura und Jonas beide im Kindergarten waren, hast du mal eine Zeit lang versucht, wieder ganztags zu arbeiten. Am Ende der Geschichte warst du restlos ausgepowert und die Familie in einer mittelschweren Krise. Also war die Entscheidung nur gut und richtig. Die Frage, ob Peter beruflich kürzertritt, hat sich nie gestellt. Bei seinem Gehalt und seinen Aufstiegschancen käme das wohl einem finanziellen Super-GAU gleich. München ist teuer. Und der gewisse Komfort, den man sich gönnt, will schließlich bezahlt werden.

Du beobachtest deinen Mann, wie er dasitzt, mit den Kindern scherzt und zufrieden auf seinen Nudeln herumkaut. Und plötzlich hast du das Bedürfnis, ihm wehzutun. Einfach so. Weil er dasitzt, Scherze macht und Nudeln isst. So verdammt zufrieden. »Schatz, was wird jetzt eigentlich aus Smart Sense?«, fragst du ganz arglos. Obwohl du die Antwort eigentlich schon kennst. »Smart Sense« war ein Prestige-Projekt und eine Idee von Peter, an der sein Team und er monatelang getüftelt haben. Hochgradig innovativ, aber nicht ohne unternehmerisches Risiko. Ein Projekt, das ihn aller Wahrscheinlichkeit nach in die Sessel der Geschäftsleitung katapultiert hätte, wäre es ein Erfolg geworden.

Das wusste allerdings Stefan, sein ehemaliger Vertrauter und nun ärgster Konkurrent, zu verhindern. Ohne dass Peter davon wusste, hatte er das Projekt vor der Konzernleitung systematisch schlechtgeredet, was dazu führte, dass das Projekt als »brillant, aber zu riskant« abgelehnt wurde. Für Peter, den musterkollegialen Senkrechtstarter, nicht nur ein herber beruflicher Rückschlag, sondern auch eine große persönliche Enttäuschung.

Die bis gerade eben noch so entspannten Gesichtszüge deines Mannes verkrampfen sich. Er schluckt schwer und räuspert sich. Um dann mit betont gleichgültiger Stimme zu beteuern, die Sache sei vom Tisch, für ihn sowieso schon seit Langem. Außerdem hätte er Besseres zu tun, als sich mit den Ideen von gestern zu beschäftigen. Das nächste großartige Projekt sei bereits in der Pipeline. »Um dann mit einem Ultradüsenantrieb durch die Decke zu starten«, sagt er zu den Kindern gewandt und ahmt die Geräusche einer Rakete nach. Ein mäßiger Witz, aber Laura und Jonas lachen. So schnell, wie Peter die Fassung verloren hat, hat er sie auch schon wiedergewonnen. Jetzt wäre es eigentlich an dir, ein Blümchenpflaster über die Wunde zu kleben. Stattdessen kannst du es nicht lassen, den Finger noch ein bisschen tiefer hineinzubohren:

»Hatte das eigentlich für Stefan irgendwelche Konsequenzen?« Ja, hatte es, und das weißt du auch. Kurz danach bekam sein Projekt den Zuschlag. Womit er zwar noch lange nicht an Peter vorbeigezogen ist, sich aber immerhin einen gewissen Vorsprung verschafft hat. Peter legt das Besteck zur Seite und schaut dich fragend an. Schließlich sagt er müde: »Eva, du weißt doch, dass ich nicht gern darüber spreche. Lass uns über schöne Dinge reden.« Die Kinder verstummen und schauen auf ihre Teller. Einen Moment lang herrscht Schweigen am Tisch. Du schämst dich. Und spürst gleichzeitig eine kleine, hässliche Genugtuung in dir aufsteigen.

Wann hat das eigentlich angefangen, fragst du dich, nachdem Peter wieder ins Büro gefahren ist und die Kinder den Dingen nachgehen, denen Kinder halt so nachgehen. Hoffentlich Hausaufgaben. Es muss irgendwie mit dem Anruf deiner Mutter zusammenhängen, der vor ein paar Tagen kam. »Dein Patenonkel Georg liegt im Krankenhaus, es sieht nicht gut aus«, hat sie mit leiser Stimme gesagt. Georg, dein Patenonkel oder auch Ersatzvater. Der mit dir Eis essen ging, wenn dein richtiger Papa wieder irgendein Geschäftsessen hatte. Der applaudierend vom Stuhl aufgesprungen ist, als du in der Schulaula mit zittrigen Knien ein Gedicht vorgetragen hast. Und der dir ein Kaninchen geschenkt hat, als deine Eltern ihren Scheidungskrieg austrugen.

Und dann plötzlich weg. Ausgewandert in die USA. Von heute auf morgen, einfach so. Angeblich wegen eines Jobangebots, das er nicht ausschlagen konnte, aber wer wusste das schon so genau. Ab und zu kam eine Karte aus einer Kleinstadt in Michigan. Die ersten hast du noch überflogen. Die anderen ungelesen in einer Schublade verschwinden lassen. Geantwortet hast du nie.

Jetzt liegt er in der Charité in Berlin. Mit Lungenkrebs im Endstadium. »Obwohl er nie geraucht hat«, hat deine Mutter gesagt. »Aber er ist eben auch schon alt. Man vergisst manchmal, wie schnell die Zeit vergeht.« Du hast gehofft, dass sie nicht wieder anfängt, über alte Zeiten und alte Menschen zu reden. »Eva, ich weiß, wie traurig und enttäuscht du warst, als er damals einfach weggegangen ist. Aber du solltest ihn trotzdem besuchen. Er hat nach dir gefragt und würde sich sicherlich sehr freuen. Wer weiß, wie viel Zeit ihm noch bleibt.«

»Ich überleg's mir«, hast du erwidert und unter einem Vorwand das Gespräch beendet. Dann hast du in der Küche gestanden wie heute vor dem Kleiderschrank. Und wie damals im Hausflur, als dir deine Mutter gesagt hat, dass Georg heute nicht mehr kommen wird. Und in der nächsten Zeit auch nicht. Du bist einfach nur dagestanden und hattest plötzlich das Gefühl, dass sich alles von dir wegbewegt. Die Stimme deiner Mutter klang mit einem Mal wie aus weiter Ferne – gedämpft, genau wie all die anderen Geräusche, Farben und Formen um dich herum. Es war, als hätte sich ein unsichtbarer Schleier über deine Sinne gelegt. Wie eine semipermeable Membran, die ihr gerade in Bio durchgenommen hattet.

Halbdurchlässig. Nur das Wichtigste dringt auf die andere Seite. Gefühle gehören nicht dazu.

Kapitel 2

Es ist Samstag und ihr habt kinderfrei. Laura und Jonas werden heute von Oma Elfriede und Opa Aribert abgeholt, Peters Eltern. Manchmal ein Fluch, heute ein Segen, dass sie in derselben Stadt wohnen. »Omaaaaaa!«, ruft Laura lauthals und stürmt nach draußen, als sie die silberne Limousine durchs Fenster erspäht. Deine Schwiegermutter, wie immer frisch frisiert und münchnerisch mondän gekleidet, nimmt sie strahlend in Empfang. Jonas trottet lächelnd hinterher. Auch er ist gern bei seinen Großeltern. Denn er weiß, dass er nach Erdbeertorte und Spaziergang den lieben langen Nachmittag in Peters alten Kindersachen wühlen darf, die auf dem Speicher verstauben. Da stört ihn niemand und da will niemand was von ihm, schließlich brauchen Jungs ihre Freiräume. Sagt Opa.

Ein paar Küsschen und ein wenig Small Talk später rollt die Limousine auch schon wieder davon – mit zwei aufgeregten Kindern und ihren glücklichen Großeltern an Bord. Nachdem sie winkend hinter der Straßenecke verschwunden sind und ihr euch ins Haus zurückgezogen habt, wirft dir Peter einen eindeutigen Blick zu. Du weißt, was er jetzt will. Das, was du normalerweise auch willst, wenn mal Ruhe im Haus ist. Aber heute ist alles anders. Du bist anders. Er umschlingt deine Taille und drückt dir einen zärtlichen Kuss in den Nacken. Dann gleitet seine Hand langsam über deine Wange hinunter ins Dekolleté. Spätestens jetzt müssten dein Atem flacher und deine Lust größer werden. Stattdessen spürst du Widerwillen in dir aufsteigen. Gemischt mit einem latenten Ekel, der dir gänzlich neu ist. Du willst seine Hand nicht auf deiner Brust spüren und seine Lippen nicht auf deinen. Sie wirken auf einmal viel zu groß, weich und wulstig. Widerwärtig.

Abrupt entziehst du dich ihm. Erstaunt und enttäuscht zugleich mustert er dich. »Alles okay, Schatz?«

»Ja, mir ist nur gerade nicht danach«, murmelst du. »Tut mir leid.«

»Klar«, erwidert er leichthin und nimmt das Handy von der Wohnzimmerkommode, um zu prüfen, ob er irgendwelche Anrufe verpasst hat. Übersprunghandlung. Wahrscheinlich, damit du seinen gekränkten Gesichtsausdruck nicht siehst. Erst fühlst du dich mies, dann seltsam erleichtert. Und im nächsten Moment empfindest du gar nichts mehr. Also gehst du in die Küche, um dort ein bisschen Ordnung zu schaffen.

Gegen Abend seid ihr auf eine Geburtstagsparty eingeladen, Peter fährt, du darfst trinken. Elena, eine Freundin aus Unizeiten, wird vierzig. Wie so viele ist auch sie nach dem Studium in München geblieben. Hier hat sie Christoph, ihren Mann, kennengelernt, der sich praktischerweise hervorragend mit Peter versteht. Wobei man sich mit Peter auch eigentlich gar nicht nicht verstehen kann. Du kannst dich wirklich glücklich schätzen, Eva. In diesem Bewusstsein lässt du dich tiefer in den Beifahrersitz sinken und die Gedanken schweifen.

Elena ist die Letzte. Die Letzte, die vierzig wird und die

Letzte, von der du das erwartet hättest. Sie war immer die Durchgeknallteste von euch allen. Eben noch habt ihr das Geschirr aus der Mensa geklaut, auf Häuserdächern getanzt und die Löcher in den Wänden eurer Studentenbude mit Zahnpasta verklebt. Jetzt klebt höchstens das Make-up, wenn es die kleinen Fältchen überdecken soll, die langsam und erbarmungslos die Stirn überziehen. Schöner altern? Schöner Schwachsinn.

Peter hupt und reißt dich aus deinem sentimentalen Selbstmitleid. Ihr seid da. Draußen vor der Haustür hat sich schon eine kleine Menschentraube angesammelt – die Gäste kommen mal wieder alle gleichzeitig. Du holst tief Luft und steigst mit einem strahlenden Lächeln aus dem Auto. Dieser Abend muss schön werden, das schuldest du deiner alten jungen Freundin. Die hat gerade die Haustür geöffnet und wird mit Blumen, Küsschen und Umarmungen überhäuft.

Elena trägt ein anmutiges Spitzenkleid eines sicherlich bekannten Designers und sieht umwerfend aus. Umwerfend erwachsen. Du könntest heulen. Wo ist die Freundin geblieben, die sich die Haare abrasiert und laut gerülpst hat, wenn ihr danach war? Die demonstrativ während der Vorlesung den Raum verließ, weil der Professor wieder sexistische Zoten riss? »Das war halt so eine Phase«, sagt sie heute lapidar. Und wirft prätentiös ihre geschmackvoll gefärbten Locken in den Nacken.

Da kommt sie auch schon mit offenen Armen auf dich zu. Durchatmen, runterkommen und ihre überschwängliche Umarmung aufs Herzlichste erwidern. Schluss mit der albernen Hysterie. »Ach, das ist alles so unglaublich«, sagt Elena in Freudentränen aufgelöst und drückt Peter und dir einen dicken Knutscher auf die Wange. »Kommt rein und trinkt um Himmels willen die Massen an Champagner leer, die Christoph hier angeschleppt hat. Total übertrieben.«

Ihr folgt ihr durch den Flur in das große, angenehm ausgeleuchtete Wohnzimmer. Christoph taucht auf, begrüßt dich, indem er dich kurz durch die Luft wirbelt, und klopft danach Peter auf die Schulter: »Na, mein Lieber, was machen die Geranien?« Aus irgendeinem dir unerklärlichen Grund begrüßt er Peter immer auf diese Weise und der antwortet stets grinsend: »Sie hängen, sie hängen.« Anfangs dachtest du noch, das sei eine alberne sexuelle Anspielung, mittlerweile glaubst du eher an irgendein Zufallsritual. So wie Laura jeden Morgen »Hulk« sagt, bevor sie ihre Cornflakes isst. Und das nur, weil vor ein paar Jahren Hulk auf einer Packung abgedruckt war.

Eigentlich ist es dir auch egal. Du hältst nach dem Champagnertablett Ausschau, als dein Blick an einer unangenehmen Überraschung hängen bleibt: Beatrice ist da. Die unverkennbar schrille Lache, das Theater-Make-up, der besitzergreifende Klammergriff nach ihrem Mann. Ja, es kann nur eine geben. Unglücklicherweise hat sie sich just in dem Moment zu dir umgedreht, als du dich gerade von ihr wegdrehen wolltest. »Eva«, schrillt es durch den Raum, »hiergeblieben!« Zu spät. Energisch kommt sie in den viel zu hohen Pumps auf dich zugestöckelt, aufgetakelt wie ein Zirkuspony. »Eva, wolltest du etwa gerade gehen, ohne mich zu begrüßen?« Ihr Zeigefinger wackelt in gespielter Entrüstung. Dann drückt sie dir den Hauch eines Kusses auf die Wange und mustert dich unverhohlen von oben bis unten. Ihr Parfüm raubt dir fast den Atem.

Um eines klarzustellen: Dir ist es – wie Lauras frühpubertierender Mitschüler Emil sagen würde – Latte, ob jemand dick, dünn, oberflächlich, geschmacklos oder einfach nur dumm ist. Aber was du auf den Tod nicht ausstehen kannst, sind boshafte Menschen. Und Beatrice ist die Boshaftigkeit in Person. Geschickt verborgen hinter einem Lächeln aus Plüsch und Vanillekipferl. Aus irgendeinem Grund scheint es Menschen zu geben, die ihre ganze Lust und Energie darauf verwenden, andere Menschen gegeneinander auszuspielen. Und damit meinst du keine wohltuenden Lästereien, sondern ausgekochte Intrigen. Beatrice ist so ein Mensch. Als Elena sie vor ein paar Jahren in euren Freundeskreis eingeführt hat, wolltest du ganz vorurteilsfrei auf sie zugehen. Obwohl sie dir auf Anhieb unsympathisch war.

Dann hat sie zwei Dinge getan, die du ihr nicht verzeihen wirst: Sie hat hinter vorgehaltener Hand ausgeplaudert, dass Sabine, bei der sie sich vorher systematisch eingeschleimt hatte, einen Schwangerschaftsabbruch hatte. Um kurze Zeit später, nachdem du ihr den Kopf gewaschen hattest, lauthals auszuposaunen, dass Jonas schlecht im Schul-IQ-Test abgeschnitten hat. Sie habe »zufällig ein Gespräch mitanhören müssen«, das Peter und du bei einem Kinobesuch miteinander führtet. Flüsternd. Du warst sprachlos vor Wut. Zumal du weißt, dass Jonas nicht dumm ist. Statt sich auf die stupiden Inhalte des Tests zu konzentrieren, hat er lieber alle Fragen rückwärts auf einen Zettel geschrieben und die i-Pünktchen miteinander verbunden. Das ist doch ziemlich kreativ.

Damals hättest du ihr den Kopf abreißen können, heute reißt du die Augen auf: »Nein, Beatrice, hätte ich dich doch beinahe übersehen! Wie ist das bloß möglich? Ich wollte mir gerade ein Gläschen Champagner holen. Soll ich dir eins mitbringen? Obwohl, wenn ich so darüber nachdenke … eigentlich nicht.« Sie schnappt nach Luft und du tauchst in der Menge unter. Contenance, Contenance … Was ist denn heute bloß los mit dir? Das hier ist Elenas Party und du wirst keinen würdelosen Kleinkrieg mit ihrer Busenfreundin anfangen. Mit welchen Mitteln auch immer sie diesen Status erreicht hat. Du bahnst dir einen Weg durch die Menschen und verteilst Küsschen und Komplimente in alle Richtungen: »Hey, ihr seid auch da, kaum zu glauben, wie lange wir uns nicht gesehen haben, Mensch, siehst du gut aus …« Du lachst, du smalltalkst, du bist die Eva, die alle kennen. Und bist dir selbst so fremd wie nie zuvor.

Irgendwann stehst du mit deinem vierten Glas Champagner – Elena hat gesagt, er muss weg – auf der Terrasse und beobachtest die Gäste durch die angelehnte Tür hindurch. Es ist, als ob dich nicht nur die blank polierte Scheibe von ihnen trennt, sondern eine unsichtbare Wand aus Apathie und Gleichgültigkeit. Je genauer du ihre automatisierten Rituale und eingeübten Gepflogenheiten betrachtest, desto fremder erscheinen sie dir. Und wenn du nur lange genug hinsiehst, dann lösen sie sich langsam, ganz langsam in undefinierbare, bedeutungslose Einzelteile auf.

Plötzlich schreckst du von einem Geräusch neben dir auf. »Hallo, Eva«, säuselt dir eine anbiedernde Männerstimme ins Ohr. Du drehst dich um und blickst in das feiste Grinsegesicht von Bernd. Viel zu nah an deinem. Bernd ist das perfekte Pendant zu Beatrice: schleimig, hinterhältig, missgünstig. Und zufällig auch ihr Mann. Er hat einen spitzen Bauch, dünne Haare und dank einer Erbschaft ein paar

Hunderttausend auf dem Konto und eine Immobilie in bester Lage. Er ist Beatrices Augapfel, wer hätte das gedacht.

»Ganz allein hier?« Was für eine blödsinnige Frage. Du antwortest erst gar nicht darauf, sondern starrst weiter durch das Fenster. Drinnen steht Peter plötzlich im Mittelpunkt des Interesses. Nicht ungewöhnlich für ihn. Eine Gruppe von Gästen hat sich um ihn geschart und hängt an seinen Lippen. Zwischendurch lachen sie laut. Wahrscheinlich erzählt er gerade wieder eine seiner Anekdoten. Charismatisch und souverän wie immer. Deswegen hast du dich damals in ihn verliebt. Und deswegen könntest du ihm jetzt gerade in diesem Moment den Hals umdrehen.

»Dein Mann macht sich offenbar gern zum Clown«, kommentiert das Grinsegesicht neben dir die Szene. Man hört ihm an, dass er es ihm nicht gönnt. Du drehst den Kopf und musterst ihn: Dieser kleine eklige Schleimbeutel, der Peter nicht im Geringsten das Wasser reichen kann. Du verspürst ein unbändiges Bedürfnis, ihm etwas Gemeines zu sagen. In dem Moment lacht Beatrice drinnen schrill auf. Peter hat einen lustigen Kommentar in ihre Richtung gemacht.

Und plötzlich stellst du dir vor, wie du Bernd am Arm greifst und hinter dir her zum Rhododendron ziehst. Zu der kleinen Gartenlaube. Die Tür wäre offen, drinnen alles dunkel. Auf Bernds ebenso anzügliches wie dümmliches »Hey, Eva, was hast du mit mir vor?« würdest du nicht reagieren. Du würdest dich ekeln und trotzdem weitermachen. Nach ein paar Minuten wäre alles vorbei. Ein paar Minuten, in denen dir kein schrilles Lachen in den Ohren klingelt.

Benommen schüttelst du dich. Was für eine widerliche Vorstellung. Wie kommst du bloß auf solche Gedanken?

Bernd grinst dich immer noch an. Dämlicher Sack. Du drückst ihm dein leeres Champagnerglas in die Hand und wendest dich zur Terrassentür. Kleine Schlampe, flüsterst du vor dich hin, bevor du das Wohnzimmer betrittst. Peter steht immer noch im Mittelpunkt und erzählt mit großen Gesten seine Geschichten. Die Gäste lachen. Du denkst an den Rhododendron und stimmst in das Lachen mit ein. Dann schlingst du ihm die Arme um den Hals und drückst ihm einen zärtlichen Kuss auf die Wange.

Kapitel 3

Lauras Biolehrer hat angerufen. Es sei etwas vorgefallen und er bitte um ein Gespräch. Am besten persönlich. Ja, es betreffe ihn als Lehrer. Mit den anderen Kindern und Lauras Leistungen hätte es nichts zu tun. Mehr wollte er am Telefon nicht sagen. Peter hat genauso erstaunt reagiert wie du, als du ihm am Abend davon erzählt hast. »Ausgerechnet Bio?«, hat er perplex gefragt. »Das ist doch Lauras Lieblingsfach. Und sie hat doch sonst nie Probleme mit ihren Lehrern.«

Hat sie auch nicht. Laura ist die Zielstrebigkeit in Person und weiß ihr ausgeprägtes Temperament sehr gut zu zügeln, wenn es um Schulnoten geht. Seltsam. Laura selbst war in dieser Angelegenheit auch keine große Hilfe. Sie hat die Lippen aufeinandergepresst und mit verschlossener Miene an euch vorbeigestarrt, als ihr sie vorsichtig darauf angesprochen habt. Das war ihr Ich-schweige-wie-ein-Grab-Blick. Da war nichts zu machen.

Du hast mit Herrn Schneider einen Termin für Mittwochabend im Klassenzimmer vereinbart. Peter konnte sich so früh nicht vom Büro loseisen, also bist du allein hingefahren. Deine Schritte hallen, als du die langen, leeren Schulflure entlangläufst. Still und verwaist liegen die verschlossenen Klassenzimmer zu deiner Rechten. Es riecht nach Turnbeuteln, Putzmittel und Pubertätsschweiß. Erinnerungen kommen hoch und ein leichtes Unbehagen breitet sich in deiner Bauchgegend aus, wie früher. Du bist zu spät und alle werden dich anstarren, wenn du gleich den Klassenraum betrittst. Einige werden hämisch grinsen, wenn dich dein Lehrer vor der Tafel zur Rede stellt. Du klopfst an und es tönt »Herein!«. Herr Schneider sitzt vorn am Pult und mustert dich über den Rand seiner Brille hinweg. Manche Dinge ändern sich eben nie – egal, wie sehr es die Zeiten tun.

Schnell schüttelst du das Unbehagen ab und räusperst dich: »Herr Schneider?«

»Grüß Gott, kommen Sie doch herein.« Er steht auf und gibt dir die Hand. Vor dir steht ein Mann mittleren Alters, dessen akkurater Haarschnitt und gebügelte Manschetten formvollendet aufeinander abgestimmt sind. Eitel, aber nicht unattraktiv. Vom schlabberigen Pädagogen-Look keine Spur. Du setzt dich ihm gegenüber ans Pult und legst deinen Mantel ab. »Also, Frau Heinrich, warum ich Sie hergebeten habe …« Er macht eine bedeutungsvolle Pause und zieht einen karierten Zettel aus seiner Mappe. »Diesen Brief hier habe ich am Montag von Ihrer Tochter erhalten. Sie hatte ihn in ihr Hausaufgabenheft gesteckt.« Er schiebt ihn dir mit ernster Miene über die Tischplatte zu und mustert dich über den Rand seiner Brille hinweg. Du erkennst Lauras ordentliche Füllfeder-Handschrift. Fein säuberlich hat sie die Sätze aneinandergereiht:

Lieber Herr Schneider,
ich weiß, dass ich Ihnen das eigentlich nicht sagen darf, aber ich mag Sie. Sie sind toll und wissen so viele Dinge, die ich noch

lernen will. Montags und mittwochs freue ich mich immer besonders auf die Schule, weil wir an den Tagen Bio haben. Neulich haben wir ein Gedicht in Deutsch durchgenommen und dabei musste ich ständig an Sie denken. Es ist von Hesse und heißt ›Im Nebel‹. Kennen Sie es vielleicht?
Ich hoffe, Sie sind mir nicht böse, dass ich Ihnen diesen Brief geschrieben habe.

Ihre
Laura Heinrich

»Seltsam, im Nebel zu wandern, einsam ist jeder Busch und Stein, kein Baum sieht den andern, jeder ist allein …« Langsam zerfließen die Strophen vor deinem inneren Auge. Wie sehr du dieses Gedicht geliebt hast! Du hast es sogar freiwillig auswendig gelernt, als du in Lauras Alter warst. Vielleicht etwas älter. Meine Güte, Eva, was weißt du eigentlich von deinem Kind? Du blickst auf. Herr Schneider hat immer noch starr den Blick auf dich gerichtet. Täuschst du dich oder hat er die rechte Augenbraue nach oben gezogen? Blasierter Affe.

Ruhig sagst du: »Ja, und?«

Herr Schneider räuspert sich und erklärt mit provozierend sonorer Stimme: »Ich kann mir vorstellen, dass es Ihnen befremdlich erscheint, dass ich Sie wegen dieser scheinbaren Kleinigkeit zu einem Gespräch gebeten habe.« Richtig, Affe, denkst du. »Und gelegentliche Schwärmereien von Schülerinnen können natürlich auch mal vorkommen. Aber …«

»Ich weiß wirklich nicht, wo das Problem ist, Herr Schneider«, fällst du ihm ins Wort. »Das Einzige, was ich hier sehe, ist der Brief eines elfjährigen Mädchens, das seinen Biologielehrer mag, und ein Gedicht von Hesse.«

Herr Schneider beugt sich vor. »Dann drehen Sie den Zettel doch mal um.«

Auf der Rückseite prangt ein großes rotes Herz. In der Mitte steht »LH + DS«. DS wie Daniel Schneider. Lauras Lehrer lehnt sich zurück und verschränkt die Arme vor der Brust. Er gibt sich wieder sichtbar Mühe, einen ehrlich besorgten Eindruck zu machen. Der Triumph ist ihm trotzdem anzusehen. Er widert dich an.

»Sie sagen doch selbst, dass so etwas häufiger vorkommt«, sagst du beherrscht. »Warum reden Sie nicht mit meiner Tochter unter vier Augen und damit hat sich die Geschichte. Oder Sie ignorieren es einfach. In einem halben Jahr hat sich das sowieso erledigt. Meine Güte, Laura ist noch nicht einmal in der Pubertät!« Obwohl du dir da nicht so sicher bist.

»Sehen Sie und genau hier liegt das Problem«, erwidert Herr Schneider. »Zum einen ist es nicht das erste Mal, dass mir Ihre Tochter solche … Briefchen schreibt. Ihr ganzes Bioheft ist voller Herzchen und Blümchen.«

»Sie malt eben gern«, gibst du zurück.

»Zum anderen«, fährt Herr Schneider unbeirrt fort, »was glauben Sie, was los wäre, wenn ich mit Ihrer Tochter allein spreche und sie Ihnen aus kindlicher Enttäuschung irgendwelche Geschichten auftischt? Sie wissen, was ich meine. Als Lehrer kann man nicht vorsichtig genug sein.«

Du weißt, was er meint. Aber du hast nicht vor, Verständnis zu zeigen. Er nervt dich. Er nervt dich ganz fürchterlich. Dich packt die Lust, ihm einen Kugelschreiber ins rechte Auge zu stoßen. Das mit der hochgezogenen Augenbraue.

Du stellst dir die gellenden Schreie und das dunkle Blut vor, das aus seiner Augenhöhle spritzt. Es hat etwas Reizvolles.

Aber dir kommt eine bessere Idee. Herr Schneider hat dir gerade die perfekte Steilvorlage dazu geliefert. Wie eine Katze auf der Lauer sagst du wohlüberlegt: »Es wundert mich ein wenig, wie Sie ausgerechnet auf diesen Gedanken kommen.« Pause, theatralisch atmest du die Luft aus. »Wenn ich ganz genau darüber nachdenke, meine ich mich dunkel zu erinnern, dass Laura irgendwann einmal gewisse Andeutungen gemacht hat …«

»Was wollen Sie damit sagen?«

»Gar nichts. Aber ich frage mich gerade, warum sie in letzter Zeit so ruhig geworden ist. Und so schlecht isst. Das sollte einem doch zu denken geben, oder?«

Herr Schneider schnappt nach Luft und beugt sich vor. »Was soll denn das, Frau Heinrich? Das ist doch jetzt nicht Ihr Ernst. Ich bitte Sie zu einem sachlichen Gespräch und Sie drehen mir die Worte im Munde herum.«

»Es ist schon sehr eigenartig …«, hebst du an.

»Ach, kommen Sie, hören Sie auf damit. Ich bitte Sie. Laura ist eine meiner besten Schülerinnen und ich habe sie nie in irgendeiner Form ermuntert, noch würde ich sie wegen der Briefe jemals benachteiligen. Und daran wird auch dieses Gespräch nichts ändern, falls das Ihre Befürchtung ist.«

»Das will ich hoffen«, erwiderst du, stehst unvermittelt auf und wirfst mit dramatischer Geste deinen Mantel über den Arm.

»Frau Heinrich …«

»Denn ansonsten mache ich Ihnen Ärger, darauf können

Sie sich verlassen.« Du verlässt den Raum, knallst die Tür zu und lässt den fassungslosen Lehrer einfach sitzen.

Peter bricht in schallendes Gelächter aus, als du ihm später davon erzählst. Du kannst nicht nachvollziehen, was er daran lustig findet. »Hast du das wirklich zu ihm gesagt? Mensch, so kenne ich dich ja gar nicht.« Er will dich umarmen, du weichst ihm aus. »Eva«, sagt er nun etwas ernster, »so kannst du doch mit solchen Leuten nicht reden.«

»Wie, meinst du denn, sollte man mit solchen Leuten reden?«, fragst du spitz zurück.

»Beschwichtigen, Honig um den Bart schmieren, das übliche Blabla«, gibt er zurück. »Der Schneider hat vielleicht wirklich mal schlechte Erfahrungen gemacht, was wissen wir denn.« Das ist dir doch egal.

Peter seufzt. »Ich rufe ihn nachher mal an. Die Wogen glätten. Und bei Laura ist das einfach eine Phase. Ich habe mit elf mal versucht, meine Deutschlehrerin zu küssen. Die war aber leider zwei Köpfe größer als ich.« Er grinst schon wieder. Du schweigst. Peter wird wieder ernst und fragt: »Willst du mit ihr reden?« Entschieden schüttelst du den Kopf. Schon allein der Versuch würde dazu führen, dass dich deine Tochter die nächsten zwei Wochen konsequent ignoriert. »Okay, dann mache ich das«, sagt Peter und streichelt dir sanft über die Wange.

Du könntest ihn ohrfeigen. Stattdessen gehst du ins Badezimmer, drehst den Wasserhahn auf und starrst regungslos in den Spiegel. Zwei, vielleicht drei Minuten. Dann hebst du die rechte Hand und schlägst dir ins Gesicht. Schlägst fester. So, dass es richtig wehtut. Jetzt die andere Seite. Und noch einmal. Zwei, vielleicht drei Minuten.

Dann hältst du deine brennenden Wangen unter den kalten Wasserstrahl. Peter wirst du sagen, du hättest wieder eine allergische Reaktion gehabt. Verfluchte Gesichtscreme.

Kapitel 4

Dein Kopf schmerzt, als du am nächsten Tag die Augen aufschlägst. Draußen ist es noch dunkel, aber das trübe Novemberwetter schlüpft schon jetzt in jeden Winkel deines Gemüts. Du hörst Peters ruhige und gleichmäßige Atemzüge neben dir. Sein Wecker geht erst in einer Stunde, er käme nie auf die Idee, vorher aufzuwachen. Manchmal beneidest du ihn um seine Effizienz: Er schläft nicht viel, dafür aber richtig. Einschlafprobleme oder nächtliches Grübeln sind ihm gänzlich fremd. Wenn alles erledigt ist, dann nickt er weg – egal, ob ihr vorher Sex, einen dicken Streit oder sonst was hattet. Du massierst deine Schläfen, um das Pochen dahinter zu beruhigen. Am besten einfach aufstehen und eine Tablette nehmen. Kombiniert mit starkem Kaffee auf nüchternen Magen hat das schon immer die gewünschte Wirkung gezeigt.

Langsam erhebst du dich, torkelst ins Bad und danach in die Küche. Während der gute alte Filterkaffee langsam in die Kanne gluckert, gehst du die Post von gestern durch, die noch ungelesen ist. Rechnungen, Werbung, Geschäftliches und eine Postkarte. Sie zeigt das Brandenburger Tor. Wer schreibt euch denn aus Berlin, fragst du dich und drehst die Karte um. Dir stockt der Atem, als du die Schrift erkennst, und die Buchstaben verschwimmen vor deinen Augen. Es dauert einen Moment, bis du dich wieder gefangen hast und die Karte in der Tasche deines Morgenmantels verschwinden lässt. Du kannst sie später lesen. Oder vielleicht besser nie?

Jetzt bist du hellwach und läufst unruhig in den Flur, ohne dich daran erinnern zu können, was du hier eigentlich wolltest. Also zurück in die Küche und erst mal einen Becher Kaffee. Das tut gut. Du stellst dich ans Fenster und starrst in das Herbstwetter. Langsam dämmert der Morgen.

Autisten, hast du mal gelesen, erleben jeden Tag, als wäre er ein gänzlich neuer. Ihnen fehlt der Filter im Kopf, der die unwichtigen Reize ausblendet und dem Gehirn vorgaukelt, alles sei wie immer. Deshalb können sich viele die unsinnigsten Dinge merken, zum Beispiel die Länge und den Neigungswinkel aller Achterbahnen in Nordamerika. Dafür sind sie häufig nicht in der Lage, ein normales Gespräch zu führen oder zum Bäcker zu gehen. Du stellst dir vor, wie dein Gehirn von Abertausenden Eindrücken geflutet wird. So vielen, dass du dir schreiend die Ohren zuhalten musst, um nicht verrückt zu werden. So unglaublich vielen, dass alle anderen Gedanken und Erinnerungen keinen Platz mehr haben.

Aber du bist kein Autist. Sondern stehst am Fenster und starrst in die trübe Morgendämmerung. In einer halben Stunde wird es hell sein.

Laura ist die Erste, die eine halbe Stunde später die Küche betritt. Sie gähnt und verhält sich, wie sie sich jeden Morgen verhält: murmelt ein »Hallo«, füllt sich Cornflakes und Milch in die Schale, sagt »Hulk« und beginnt zu essen. Peters gestriges Vater-zu-Tochter-Gespräch scheint sie gut aufgenommen zu haben. Es ist alles wie immer. Oder funktioniert dein kleiner Filter im Kopf vielleicht einfach zu gut? Als Nächstes kommt Peter herein – schon im Anzug und gerade noch rechtzeitig, um pünktlich im Büro zu sein. Wie gesagt, er ist ein effizienter Schläfer. Er nimmt einen flüchtigen Schluck Kaffee, drückt dir einen Kuss auf die Lippen und sagt: »Ich liebe dich, mein Schatz. Bis heute Abend!« Dann streichelt er seiner in ihre Cornflakes versunkenen Tochter über den Kopf und verschwindet durch die Haustür. Jetzt müsste Jonas hereinschlurfen, aber der lässt sich mal wieder Zeit. Du seufzt und machst dich auf den Weg nach oben.

Wie erwartet liegt dein Sohn immer noch eingerollt in seinem Bett. Du weißt, dass er wach ist, obwohl er die Augen fest geschlossen hat. Du setzt dich auf den Bettrand und fährst sanft mit der Hand durch seine zerzausten Haare. »Schätzchen«, sagst du leise, »es ist Zeit aufzustehen. Unten steht schon deine Bananenmilch und wartet auf dich.« Jonas trinkt seit dem Tag seiner Einschulung jeden Morgen Bananenmilch. Das verhält sich wie mit »Hulk« – es ist einfach so. Ein missmutiges Brummen dringt aus der kleinen Jungen-Bettwurst und die Decke wird über den Kopf gezogen. »Was ist denn los, mein kleiner Bär?«

»Ich kann heute nicht zur Schule gehen«, murmelt es unter der Decke.

»Und warum nicht?«, fragst du geduldig. Jedes andere Kind hätte jetzt so etwas gesagt wie: »Ich habe Kopfschmerzen, mein Bauch tut weh, die anderen Kinder ärgern mich.« Aber Jonas ist eben nicht wie jedes andere Kind. Langsam zieht er die Decke nach unten bis zum Kinn und schaut dich mit großen Augen an. Die hat er von dir.

»Janosch ist krank.« Aha. Janosch ist sein imaginärer Freund. Den hat er, seit du ihm das erste Janosch-Buch vorgelesen hast. Da war er drei.

»Was hat er denn?«, fragst du sanft.

»Sein Daumen tut weh.«

»Warum denn ausgerechnet sein Daumen?«

»Wir haben gestern Daumendrücken gespielt.« Okay, Daumendrücken also.

»Hör zu, mein Schätzchen«, sagst du mit ernster Miene, »ich kümmere mich um die Daumenschmerzen von Janosch und du gehst runter und trinkst deine Bananenmilch. In Ordnung?«

»Weißt du denn, wie man so was macht?«, fragt er dich misstrauisch.

»Oooh ja!«, sagst du und reißt bedeutungsvoll die Augen auf. »Aber das verrate ich dir erst, wenn du deine Milch getrunken und deine Zähne geputzt hast. Also hopphopp!«

Er steht auf und geht nach unten. Jonas ist ein Mama-Kind.

Nachdem du deine Kinder versorgt und gerade noch rechtzeitig aus dem Haus geschickt hast, machst du dich auf den Weg ins Büro. Seit dem Ende deines Studiums arbeitest du in der Marketingabteilung eines großen Unternehmens. Und kannst nicht klagen: Trotz Babypause und Zwanzigstundenwoche hast du einen verhältnismäßig verantwortungsvollen Job mit angemessener Vergütung. Mehr als die eine oder andere Gehaltssteigerung wird in den nächsten Jahren zwar nicht drin sein – aber mit einem Aufstieg in eine Führungsposition rechnest du seit Lauras Geburt ohnehin nicht mehr. Man kann eben nicht alles haben. Dafür sind die Kollegen in Ordnung und die Vorgesetzten erträglich. Zufälligerweise ist dein Chef auch Tennispartner deines Mannes. Worin du überwiegend Vorteile siehst. Mann kennt sich eben in gewissen Kreisen.

Heute bist du nicht ganz bei der Sache. Bei der Einfahrt ins Parkhaus rammst du beinahe ein anderes Auto und deine winkenden Kollegen, die dir auf dem Flur entgegenkommen, übersiehst du gänzlich. Erst als sie dir »Guten Morgen, Eva, noch nicht ausgeschlafen?« ins Ohr rufen, schreckst du auf. Und lächelst etwas gezwungen. Renate heftet sich auch gleich an deine Fersen und versorgt dich eifrig mit allen wichtigen Informationen, die du seit gestern Mittag verpasst hast. Da wäre zum Beispiel der Chef, der seit gestern eine mordsschlechte Laune hat. Und dann auch noch diese verfluchte Präsentation, die immer noch nicht fertig ist. Und, halt dich fest, Anastasia hat sich wieder was geleistet, das glaubst du nicht. Bevor sie dir diese ungeheuerliche Geschichte erzählen kann, ruft sie der Chef zu sich. Er hört sich tatsächlich so an, als hätte er schlechte Laune. Du setzt gedankenversunken deinen Weg fort, grüßt kurz in die Runde, als du das Großraumbüro betrittst, und lässt dich auf deinen Platz am Fenster nieder.

Am Tisch dir gegenüber sitzt Anastasia in sich zusammengesunken vor dem PC. Du erkennst das daran, dass sich ihr fülliger Oberkörper noch weiter nach links und rechts ausbreitet als sonst. Ihr Kopf ist hinter dem Bildschirm verborgen, du kannst nur mutmaßen, dass sie das Gesicht in den Händen vergraben hat. Anastasia ist nicht nur mit starkem Übergewicht und einem peinlichen Namen gestraft, sondern dazu auch noch mit einer ziemlich labilen Psyche. Eine Traumkombination für jeden frustrierten Kollegen, der auf der Suche nach dem idealen

Mobbingopfer ist. Armselig, so was. An einem anderen Tag würdest du um den Tisch herumgehen, ihr eine Hand auf die Schulter legen und einfühlsam fragen, ob alles okay ist. Heute nicht.

Zögerlich ziehst du die Postkarte hervor, die vorhin von der Tasche deines Morgenmantels in die deines Trenchcoats gewandert ist. Nach einem tiefen Atemzug beginnst du zu lesen:

Meine liebe Eva,
ich hoffe, es ist dir gut ergangen in den letzten Jahren. Wie du wahrscheinlich weißt, liege ich in der Charité in Berlin. Ich weiß nicht, wie lange noch. Du würdest mir eine letzte große Freude bereiten, wenn du mich besuchen kämst.
Dein Onkel Georg

Du lässt die Postkarte sinken und schließt die Augen. Nur gedämpft dringen Stimmen und Geräusche zu dir durch. Jemand lacht, ein Telefon klingelt, irgendwo klackert die Tastatur. Dann hörst du ein unterdrücktes Schluchzen. Es kommt von gegenüber, Anastasia scheint tatsächlich Kummer zu haben. Und plötzlich packt dich eine undefinierbare, hilflose Wut. Wo eben noch Leere und Apathie waren, herrscht mit einem Mal der unbändige Wunsch, etwas zu zerschlagen oder jemandem wehzutun. Du öffnest die Augen und siehst, wie der Körper deiner Kollegin von heftigen Schluchzattacken geschüttelt wird. Dieser bebende Fleischberg. Fett gefressen von Muffins, Bonbons und billiger Milchschokolade, die sie in ihrer Schublade versteckt hält. Als ob du das nicht bemerken würdest! Ständig kaut und schmatzt sie auf irgendetwas herum. Widerlich.

Ihr Geheule reizt dich, stachelt dich an, provoziert dich geradezu. Wahrscheinlich will sie bloß wieder deine Aufmerksamkeit und deine Nerven strapazieren. Auf dich und dein Mitgefühl ist ja Verlass. Wie oft hast du dich neben sie gesetzt, geduldig zugehört und Gunnar, der ihr von allen am schlimmsten zusetzt, die Meinung gegeigt. Und wofür? Als ob du nichts Besseres zu tun hast. Dämliche Kuh, soll sich endlich zusammenreißen und selbst den Mund aufkriegen. Du könntest platzen, versuchst aber, dir nichts anmerken zu lassen. Mit zusammengebissenen Zähnen tippst du an einer E-Mail herum. Dann hebt dieses Ungetüm da vorn doch tatsächlich auch noch den Kopf und sagt mit dünner Stimme: »Eva?« Zum Glück taucht in dem Moment Renate hinter dir auf und zischt dir mit vielsagenden Blicken »Komm mal mit!« ins Ohr. Ohne Anastasia eines Blickes zu würdigen, folgst du ihr in die Küche.

»Was ich dir vorhin erzählen wollte«, fährt Renate im gedämpften Tonfall fort und reibt sich eifrig die Hände. »Anastasia hat uns gestern beim Chef verpetzt.« Als ob ihr euch nicht in der Büroküche, sondern auf dem Schulhof befinden würdet. »Zugegeben, es war auch nicht gerade nett, was Gunnar gemacht hat, aber muss man deshalb gleich zum Chef rennen? Wir sind doch nicht im Kindergarten.« Offensichtlich doch, denkst du.

»Was hat er denn gemacht?«

»Ach, du weißt doch, er ist ein Spinner. Er hat eine Presswurst gekauft, so eine richtig pralle, und Anastasia auf den Stuhl gelegt. Die hätte sich beinahe draufgesetzt und hat gleich angefangen zu heulen. Ganz schön gemein, ich weiß.« Sie kann das Grinsen nicht unterdrücken. Und auch dich überkommt auf einmal ein kleines, boshaftes Grinsen.

Ihr kichert. Leise und gehässig. Irgendwie fühlt sich das gut an. Irgendwie hüllt es die ganze ohnmächtige Wut in dir drin in ein watteweiches Kissen.

Zurück am Platz, schaut dich Anastasia über den Bildschirm hinweg mit großen, verheulten Augen an. Kuhaugen. »Eva, kann ich mal mit dir reden?«, fragt sie mit zerbrechlicher Stimme. Und du sagst laut und deutlich, sodass es bis in den letzten Winkel des Büros zu hören ist: »Was willst du, Presswurst?«

Kapitel 5

Natürlich würde das ein Nachspiel haben. Zumindest ein kleines. Es folgt ziemlich genau zwei Tage später, als Peter abends vom Tennis nach Hause kommt. Nach einer verlorenen Partie gegen deinen Chef. Er sieht müde aus und braucht eine Weile, bis er seinen Mantel ausgezogen und seine Sachen verstaut hat. Dann kommt er in die Küche, wo du gerade dabei bist, seine Portion vom Mittagessen aufzuwärmen. Du drehst dich zu ihm, drückst ihm einen Kuss auf den Mund und willst dich gleich wieder deiner Küchenarbeit zuwenden, als er dich sanft an den Schultern fasst und zu sich hindreht. Mit ernstem Gesichtsausdruck schaut er dir in die Augen: »Ist alles in Ordnung bei dir Eva? Geht's dir gut? Du weißt, wir können über alles reden.«

Du denkst: Ach, Peter, wenn wir das früher nicht getan haben, werden wir heute auch nicht damit anfangen. Und sagst: »Natürlich, Schatz, wie kommst du darauf?«

»Carsten hat mir so seltsame Dinge erzählt.«

»Dinge über mich?«

»Ja«, sagt er und mustert dich nachdenklich. »Ihr scheint da ein Mobbing-Problem in der Abteilung zu haben, an dem auch du angeblich beteiligt bist. Es heißt, du hast eine Kollegin, zu der du bisher immer ein gutes Verhältnis hattest, offen vor allen beleidigt.«

Du betrachtest deinen Mann. Er wirkt ehrlich besorgt. Es lässt dich vollkommen kalt. Mit einem makellosen Lächeln sagst du: »So ein Schwachsinn. Da muss Carsten wohl etwas falsch verstanden haben. Anastasia und ich hatten eine kleine sachliche Auseinandersetzung, mehr aber auch nicht. Sie neigt dazu, die Dinge immer etwas aufzubauschen. Und dann auch noch der Flurfunk, du weißt ja …« Du seufzt und verdrehst die Augen.

Peter atmet auf und lächelt befreit: »Siehst du, das habe ich ihm auch gesagt. Alles andere würde gar nicht zu dir passen.« Er drückt dich fest und du lässt es schweigend geschehen.

Ein paar Minuten später hat Peter die ganze Sache auch schon wieder vergessen und widmet sich hingebungsvoll seinem aufgewärmten Braten. Dabei sitzt er vorm Fernseher und schaut Fußball, um sich zu entspannen. Das ist okay um diese Uhrzeit, wenn die Kinder schon gegessen haben und auf ihren Zimmern sind. So habt ihr das vereinbart. Das Wohnzimmer ist dunkel, nur der Fernseher flimmert. Vor dem großen Flachbildschirm wirkt Peters Silhouette wie ein schemenhafter Scherenschnitt, der von Zeit zu Zeit seine Konturen ändert. Konzentriert verfolgt er das Spiel.

Und plötzlich ist er wieder da: dieser Wunsch, deinem Mann wehzutun. Zumindest ein bisschen. Allein die Vorstellung, wie er plötzlich aus seiner entspannten Haltung hochschrecken könnte, lässt deinen Atem schneller gehen. Du denkst nicht länger nach. Wie von selbst tragen dich deine Füße in den Keller zum Medikamentenschränkchen. Mit automatisierten Bewegungen greifst du eine Packung nach der anderen und liest die Aufschriften. Schließlich bleibt dein Blick an einem starken Abführmittel hängen. Eigentlich ist es von Peters Vater, aber aus irgendeinem Grund vor einiger Zeit in eurem Schrank gelandet. Das Fläschchen ist angebrochen und schon vor einem Jahr abgelaufen. Ob es überhaupt noch wirkt? Du wirst es testen. Dich packt eine nie gespürte Erregung, als du die Flasche in deiner Hosentasche verschwinden lässt und langsam die Treppenstufen hinaufsteigst. Wirst du das allen Ernstes tun? Die Frage nach dem Ob stellt sich nicht mehr, nur noch nach dem Wie.

»Schatz, soll ich dir ein Bier bringen?«, rufst du aus der Küche ins Wohnzimmer.

»Oh, das wäre toll!«, kommt die prompte Antwort.

Seelenruhig nimmst du eine kalte Bierflasche aus dem Kühlschrank, öffnest sie, trinkst einen großen Schluck und tropfst danach den gesamten Inhalt des Fläschchens hinein. Immerhin noch zwei Drittel. Ein kurzer Riechtest: nichts Ungewöhnliches. Dann gehst du ins Wohnzimmer, stellst die Bierflasche auf den Tisch und drückst deinem Mann einen sanften Kuss auf die Wange: »Für dich, mein Schatz.« Er bedankt sich mit einem Lächeln, wendet sich wieder dem Fernseher zu, greift nach der Flasche und nimmt einen tiefen Schluck. »Ahhh«, seufzt er genüsslich und lehnt sich zufrieden zurück. Er hat nichts bemerkt.

Die nächsten zwei Stunden sitzt du wie auf heißen Kohlen und musst dich zwingen, nicht ständig ins Wohnzimmer zu laufen. Bislang stellst du keine Veränderungen an deinem Mann fest. Ob das Zeug überhaupt noch wirkt? Irgendwann hörst du ein gleichmäßiges Schnarchen vom Sofa, Peter ist vorm Fernseher eingeschlafen. Eine Angewohnheit, die du ihm wahrscheinlich nie abgewöhnen wirst. Sanft schüttelst du ihn an der Schulter, um ihn zu wecken. Benommen steht er auf und verschwindet im Bad. Alles wie immer. Wahrscheinlich ist mit Ablauf des Verfallsdatums auch die Wirksamkeit der Tropfen dahin. Mit einer seltsamen Mischung aus Enttäuschung und Erleichterung gehst du schließlich auch ins Bad und danach ins Bett.

Ein Stöhnen reißt dich aus dem Schlaf, es ist mitten in der Nacht. Du knipst das Licht an und siehst Peters gekrümmte Gestalt neben dir. Sein Gesicht ist schweißüberströmt, sein Blick schmerzverzerrt. O nein, hast du es etwa übertrieben? Er hält sich den Bauch. Dir steigt ein beißender Geruch in die Nase – offensichtlich hat er es nicht mehr aufs Klo geschafft. »Was ist los, Schatz?«, fragst du ehrlich erschrocken.

»Krämpfe«, presst er hervor, »ich habe Bauchkrämpfe.«

»O Gott, soll ich den Notarzt rufen?«

»Nein, nein«, beeilt er sich zu sagen. Peter und sein verdammter Stolz. Selbst schuld. »Wir müssten noch ein paar Tabletten gegen Durchfall im Keller haben«, fährt er angestrengt fort. »Hol mir die doch bitte. Und vielleicht eine Cola dazu.« Typisch. Hauptsache, Herr der Lage bleiben. Dir soll's recht sein.

Du rennst auf Socken in den Keller, um die Kinder nicht aufzuwecken. Die Durchfalltabletten stehen direkt neben der leeren Packung des Abführmittels. Die musst du unbedingt verschwinden lassen. Als du zurück ins Schlafzimmer kommst, hat sich Peter schon ins Badezimmer gequält. Es riecht unangenehm im Raum. Mit geübten Handgriffen ziehst du auf seiner Seite das Bett ab – es erinnert dich an die Zeiten, als die Kinder noch klein waren. Danach reißt du das Fenster auf und atmest tief die kalte Nachtluft ein. Du fühlst dich, als hättest du gerade einen kleinen Sieg errungen. Das schmeichelhafte Überlegenheitsgefühl lässt dich leise lächeln. Dann gehst du zum Badezimmer und klopfst vorsichtig an die Tür: »Schatz, alles okay bei dir? Ich habe die Tabletten hier.«

»Danke … einen Moment noch«, antwortet Peter mit gepresster Stimme.

Du kümmerst dich liebevoll um deinen Mann. Beziehst das Bett frisch, machst ihm eine Wärmflasche, kochst einen Tee und wachst aufmerksam über seine Atemzüge, als er irgendwann vor Erschöpfung einschläft. Die Tabletten scheinen Wirkung zu zeigen, was dich nicht sonderlich überrascht. Am nächsten Morgen rufst du erst in Peters Firma und dann in deiner eigenen an, um Bescheid zu sagen, dass ihr heute nicht kommen könnt. Es ist sowieso Freitag. Dann kümmerst du dich wie jeden Morgen um die Kinder, die natürlich trotzdem zur Schule müssen. »Aber Papa ist doch sonst nie krank«, sagt Laura erstaunt, als du ihnen erzählst, dass es Peter nicht gut geht. »Vielleicht hat er etwas Falsches gegessen, Schätzchen. Oder er hat eine Infektion. Es ist jedenfalls am besten, wenn ihr ihn erst mal in Ruhe schlafen lasst.« Jonas guckt traurig und du drückst ihm einen Kuss auf die Stirn: »Das wird schon wieder. Wenn ihr aus der Schule zurück seid, geht es Papa bestimmt schon besser.«

Die Rolle der aufopferungsvollen Ehefrau gefällt dir. Paradoxerweise gibt sie dir ein subtiles Gefühl der Macht. Du verordnest ihm Bettruhe, du schaltest sein Handy aus und du kochst ihm Fencheltee und Salzkartoffeln. Was anderes darf er heute nicht zu sich nehmen. Zwischendurch streichelst du ihm die Stirn und füllst die Wärmflasche nach. Seine dankbaren Blicke sind wie Öl auf deiner Haut. Du liebst deinen Mann. Zumindest heute.

Kapitel 6

Das Wochenende wird so angenehm wie seit Langem nicht mehr. Man könnte fast sagen: schön. Die Kinder sind friedlich, Freunde lassen sich ohne Weiteres abwimmeln und du kannst endlich mal wieder ein Buch lesen. Sogar Peters Eltern sind nicht sauer, dass du das geplante Kaffeetrinken absagst. Als sie hören, dass sich ihr Sohn ein Virus eingefangen haben könnte, sind sie zwar besorgt, aber nicht gerade unglücklich darüber, auf der anderen Seite der Stadt zu wohnen. Peters Mutter gibt dir gute Genesungswünsche und allerlei Tipps aus der Hausapotheke mit auf den Weg, danach hast du deine Ruhe. Deinem Mann geht es zunehmend besser, am Sonntag kann er fast schon wieder normal essen und mit den Kindern scherzen. Trotzdem ist er zahm wie ein Lämmchen und scheint es zu genießen, mal die Zügel aus der Hand zu legen.

Am Montag ist es mit dem bisschen Frieden schlagartig vorbei. Peter muss extra früh los, um die liegen gebliebenen Sachen vom Freitag aufzuarbeiten, Jonas kommt wieder nicht aus dem Bett und Laura beschwert sich, weil ihre Lieblingsjeans nicht gewaschen ist. Sie zieht eine Schnute und schließlich eine andere Hose an, die genauso aussieht. Du seufzt. Jetzt geht's wohl los mit der Pubertät.

Im Büro herrscht eisige Stimmung. Anastasia würdigt

dich keines Blickes. Seitdem der Chef ein Machtwort gesprochen hat, wird sie von allen in Ruhe gelassen. Mittags hast du erst die Hälfte deiner Arbeit geschafft, musst aber unbedingt los, um die Kinder zu versorgen. Sie kommen in einer halben Stunde von der Schule und du willst zumindest eine Kleinigkeit kochen, bevor Laura zum Reitstall radelt. Sie würde eher auf ihr Mittagessen verzichten als auf die Zeit, in der sie ihr Lieblingspony mit Möhren vollstopft. Mit den guten vom Biomarkt, versteht sich. Als du gehetzt zu Hause ankommst, steht Laura schon vor der Tür und zieht eine Schnute. »Ich muss heute früher zum Reiten«, sagt sie.

»Warum, hat das Pony schlecht geschlafen?«

Laura findet deinen Humor extrem uncool und erwidert gelangweilt: »Ich mache mir Cornflakes und fahre dann. Und danach gehe ich zu Susi, bin also erst zum Abendessen wieder da.« Ohne eine weitere Erklärung stolziert sie an dir vorbei in ihr Zimmer, um sich umzuziehen.

»Und deine Hausaufgaben?«, rufst du ihr hinterher.

»Mache ich bei Susi«, ruft sie ungehalten zurück.

Jonas scheint heute auf einem anderen Planeten zu sein. Als ihr zu zweit vor der Hühnersuppe sitzt, die du auf die Schnelle zubereitet hast, starrt er gedankenverloren an dir vorbei in die Ferne. Die Fragen, die du ihm stellst, musst du mindestens einmal wiederholen, bevor er reagiert. Herrje, ihr müsst doch wohl nicht schon wieder zum Kinderpsychologen. Peter hält das ja schon seit Monaten für nötig, genau genommen seit dem Tag, als euch das Ergebnis vom Schul-IQ-Test mitgeteilt wurde. Nach dem Essen steckst du ihn erst mal ins Bett, vielleicht geht's nach einem Mittagsschläfchen besser.

Danach läufst du unruhig in der Wohnung umher. Dies müsstest du noch machen und das, und je länger du darüber nachdenkst, desto größer werden der Unwille und die Wut in deinem Bauch. Es sind die Dinge, die du eigentlich gern oder zumindest nicht ungern tust, aber momentan reizen sie dich zur Weißglut. Du läufst in Lauras Zimmer, um ihre in die Ecke gepfefferte Jeans aufzuheben und danach wieder hinzuschmeißen, weil sich das Kind schließlich auch selbst darum kümmern kann.

Dann fällt dein Blick auf den Hamsterkäfig. Laura hat mal wieder vergessen, ihn sauber zu machen. Vor einem Jahr hat sie unter Tränen darauf bestanden, dass sie einen Hamster bekommt, und sich anfangs auch aufopferungsvoll um das Tier gekümmert. Mittlerweile rückt er nur noch in ihr Wahrnehmungsfeld, wenn er nachts Krach macht oder es anfängt zu stinken. Wie jetzt. Es müffelt im ganzen Zimmer und du reißt das Fenster auf. Wieder diese Wut. Du beugst dich über den Käfig. Drinnen ist alles mucksmäuschenstill, der Hamster schläft. Du kratzt ein bisschen an den Gitterstäben. Keine Reaktion. Du nimmst die Futtertüte und raschelst damit. Es bewegt sich etwas. Du raschelst lauter. Ein schnupperndes Hamsternäschen wird aus dem Häuschen gestreckt. Gefolgt von einem possierlichen Hamsterköpfchen. Dunkle Knopfaugen taxieren dich. Niedlich.

Du hältst einen Sonnenblumenkern zwischen die Gitterstäbe und der Hamster torkelt verschlafen auf dich zu. Er inspiziert das Angebot und wirkt enttäuscht. Dafür hast du ihn aus dem Schlaf gerissen? Hätte es nicht wenigstens ein Stück Apfel sein können? Gleichgültig stopft er sich den Kern in seine Hamsterbacken und verschwindet wieder in seinem Haus. Du starrst eine Weile auf den Käfig. Das Holzhäuschen, den angenagten Kletterast, das vergilbte Rad, das sich nach Einbruch der Dunkelheit unermüdlich und lautstark dreht. Der Grund, warum der Käfig jede zweite Nacht auf dem Flur landet. Natürlich nicht, ohne eine Spur aus Streu und Kötteln zu hinterlassen.

Trostlos. Armer Fipsi. Gefangen zwischen Gittern, Urin und Plastikspielzeug. Das tägliche Hamsterrad. Kinder, Büro, Küche, Kinder. Dazwischen Bauch-Beine-Po, Latte macchiato und der eine oder andere Cocktail-Exzess. Bloß nicht über die Stränge schlagen. Und das soll ein Leben sein? Ohne lange nachzudenken, ergreifst du den Käfig und trägst ihn nach unten. Öffnest die Terrassentür und stellst ihn vorsichtig auf das Erdreich zwischen den Gartensträuchern. Die Reaktion lässt nicht lange auf sich warten. Das Näschen, die Augen, der Kopf. Und schließlich der ganze Hamsterkörper. Aufgeregt schnuppernd. Er klettert das Gitter hoch und knabbert an den Stäben. »Lass mich raus hier«, soll das heißen. Was auch sonst?

Du öffnest das Türchen. Der Hamster zögert. Zittert. Ist verunsichert. Schritt für Schritt tastet er sich vor, schnuppert, hält inne, schnuppert erneut und lässt sich schließlich auf die weiche Gartenerde fallen. Orientierungslos hebt er das Köpfchen, stellt sich auf die Hinterbeine, scheint sich noch einmal nach dir umzudrehen und dann … ist er verschwunden. Irgendwo zwischen Rosensträuchern und Vergissmeinnicht. »Scheiße«, entfährt es dir leise. Aber es braucht eine Weile, bis das Wort die gewünschte Reaktion in deinen erstarrten Gehirnwindungen hervorruft. Du machst einen Satz nach vorn, fällst auf die Knie, durchwühlst die Sträucher, springst auf, rennst durch den Garten, durchkämmst jeden Winkel. Aber es ist zu spät: Der Hamster ist weg. Scheiße. Du schlägst dir gegen die Stirn. Was stimmt da oben in der Schaltzentrale nicht? Wer oder was hat diesen synaptischen Super-GAU verursacht?

Beruhig dich, sagst du dir. Schau dich um. Haben die Nachbarn etwas mitbekommen? Nein, alles ist ruhig, keine Gardine bewegt sich. Du glättest das aufgewühlte Beet, nimmst den Käfig und schleichst auf Zehenspitzen zurück ins Haus. Jonas schläft noch, er hat nichts bemerkt. Den Käfig zurück in Lauras Zimmer. Das Türchen bleibt geöffnet. Wer weiß, vielleicht stand es den ganzen Tag schon offen? Weil jemand vergessen hat, es zu schließen? Versehentlich, natürlich. Der Hamster war einfach neugierig. Wollte schauen, wie die Welt außerhalb seines Käfigs aussieht. Erst Lauras Zimmer. Dann die Treppen hinunter ins Wohnzimmer. Dann vielleicht in den Keller. Und im Keller, tja, überlegt mal, wie viele Schlupflöcher es dort gibt! Außerdem steht die Kellertür ja manchmal offen. Wenn die Wasserflaschen rein oder die Mülltüten rausgeräumt werden müssen. Erst vorhin hast du durchgelüftet. Es ist traurig. Aber solche Sachen passieren. Bestimmt geht es Fipsi gut.

Das wirst du deinen Kindern erzählen.

Es ist Jonas, der den offenen Käfig entdeckt. Du bist gerade dabei, das Abendessen vorzubereiten, als dein Sohn plötzlich in der Küche steht. Laura hat sich aufs Sofa gelümmelt und liest ein Buch, Peter müsste jeden Moment aus dem Büro kommen. Mit großen Kinderaugen schaut Jonas dich an. Fast wie Knopfaugen. Du weißt sofort, was passiert ist. »Fipsi ist weg«, sagt er.

»Wie meinst du das, weg?«, fragst du verständnislos und wischst dir die Hände am Küchenhandtuch ab.

»Der Käfig ist auf und Fipsi ist nicht da.« Kindertränen kullern über seine Wange. Laura, die den letzten Satz mitbekommen hat, ist aufgesprungen und rennt die Treppe hinauf. Keine zehn Sekunden später folgt ein Aufheulen aus ihrem Zimmer. Es sollte dir das Herz zerreißen. Eigentlich. Schnell drückst du deinen Sohn an dich und eilst Laura hinterher.

Laura steht mitten im Raum und heult sich die Augen aus dem Kopf. »Fipsi ist verschwunden!«

»Moment, Moment«, versuchst du sie zu beruhigen. »Weit kann er doch nicht sein.« Du beginnst, das Zimmer zu durchsuchen. Rückst vorsichtig das Nachtschränkchen ab und kriechst unter den Schreibtisch. Deine schluchzende Tochter tut es dir gleich. Auch Jonas hilft. Gemeinsam durchkämmt ihr das Zimmer, die anderen Zimmer, jeden Winkel des Hauses. Obwohl du weißt, dass es unmöglich ist, hast du die absurde Hoffnung, dass der Hamster friedlich in irgendeiner Ecke hockt und sich putzt.

Irgendwann beginnen die Vorwürfe. »Du bist schuld«, fährt Laura ihren Bruder an, der sie hilflos anguckt. »Du hast gestern als Letzter mit ihm gespielt. Bestimmt hast du …«

»Na, na, na«, fällst du deiner Tochter ins Wort und willst gerade mit sonorer Stimme die zurechtgelegten Sätze abspulen, als Peter im Türrahmen erscheint.

»Was ist denn hier los?« Laura fällt ihrem Vater schluchzend in die Arme und du erklärst, was passiert ist. Als Peter die Situation erfasst hat, macht er einen vernünftigen Vorschlag. Was auch sonst. »Wisst ihr was? Ich stelle jetzt den Käfig in den Keller und lasse das Türchen offen. Wenn Fipsi noch im Keller ist und irgendwann Hunger hat, kann er einfach hineinklettern. Und dann finden wir ihn vielleicht morgen früh in seinem Häuschen.«

Das stellt die Kinder zwar nicht zufrieden, aber wenigstens vorübergehend ruhig. Während sich Peter um den Käfig kümmert, setzt du dich mit deinen Kindern auf das Sofa und streichelst sie behutsam. Es ist lange her, dass Laura ihren Kopf auf deine Schulter gelegt hat und sich von dir trösten ließ. Du solltest dich schämen. Aber irgendwie dringen die Schuldgefühle gerade nicht zu dir durch.

Als ihr gegessen und die erschöpften Kinder ins Bett gebracht habt, geht Peter an die Hausbar und schenkt euch beiden einen Schnaps ein. Er reicht ihn dir und fragt in arglosem Tonfall: »Musstest du dich in letzter Zeit eigentlich häufig um den Hamster kümmern? Trotz der Tränen heute scheint Laura ja ein wenig das Interesse verloren zu haben.«

»Wieso?«, fragst du misstrauisch.

»Ach, nur so. Ich habe mich gewundert, warum der Käfig so dreckig ist, auch von außen. Sieht aus, als hätte er im Garten gestanden.«

Schnell kippst du den Schnaps hinunter. Dann schaust du deinem Mann ruhig in die Augen und sagst: »Hast du eine Ahnung, wie es bei Laura im Zimmer aussieht. Manchmal schleppt sie den halben Reitstall mit nach Hause. Ich warte immer noch auf den Tag, an dem ich ihr Lieblingspony im Flur vorfinde.« Du seufzt theatralisch. Es klingt erstaunlich authentisch.

Kapitel 7

Natürlich taucht Fipsi nicht mehr auf. Nicht am nächsten und auch nicht an den übernächsten Tagen. Ihr braucht unbedingt eine Auszeit. Peter schlägt vor, dass ihr alle zusammen zu deiner Mutter fahrt. Die fragt sowieso schon seit Wochen, wann ihr mal wieder kommt. Sie wohnt in einem dörflichen Vorort einer Kleinstadt, ländlich, idyllisch, ereignislos. Nach der Trennung von deinem Vater ist sie nie wieder eine dauerhafte Partnerschaft eingegangen und deshalb leider häufig sehr allein. Nächstes Jahr wird sie fünfundsiebzig und macht sich jetzt schon Gedanken, wer von ihren alten Freunden und Bekannten überhaupt kommen wird. Sie betont zwar immer wieder, dass sie keinen Grund zur Klage hat, zur Freude aber leider auch nur selten. Deshalb ist es gut, dass ihr sie mal wieder besucht. Das siehst du ein.

Die Kinder freuen sich, sie mögen Oma Margret. Außerdem können sie dann auf dem alten verfallenen Bauernhof spielen, der direkt an Omas Haus grenzt. Vielleicht hat die Katze, die dort zurückgelassen wurde, wieder Junge. Das würde sie von Fipsi ablenken. Als ihr vor dem alten Fachwerkhaus ankommt, steht deine Mutter schon an der Eingangstür und winkt. Sie wirkt verloren vor dem großen Haus, das ihr nach der Trennung zugesprochen wurde. Bis auf den Arbeitsbereich deines Vaters hat sie alles so gelassen, wie es schon immer war. Selbst die kleinen Muscheln in deinem Setzkasten werden jede Woche penibel abgestaubt. Wenn du dein altes Kinderzimmer betrittst, ist es wie eine Zeitreise in die Vergangenheit. Gerüche, Gefühle, Erinnerungen – als wäre alles erst gestern gewesen. Du betrittst dein altes Kinderzimmer nicht oft.

»Hallo, meine Lieben«, sagt deine Mutter mit Freudentränen in den Augen und nimmt einen nach dem anderen fest in den Arm. Peter drückt ihr einen Kuss auf die Wange, er hat sie gern. Wahrscheinlich erinnert sie ihn an dich, ihr habt die gleiche Gestalt, die gleichen Gesichtszüge und häufig sogar die gleiche Art zu reden. Manchmal beschleicht dich das Gefühl, dass du ihr mit jedem Jahr noch ähnlicher wirst. Obwohl du es eigentlich nicht wahrhaben willst. »Kommt herein«, sagt sie, »es gibt Kaffee und Kuchen.« Natürlich. Auf dem Wohnzimmertisch stehen eine riesige Portion Schlagsahne und gedeckter Apfelkuchen, den esst ihr besonders gern. Die Kinder laufen erst mal polternd die Treppen hinauf, sie mögen das Knarren der alten Holzstiegen. Außerdem müssen sie sich noch einig werden, wer diesmal am Fenster schlafen darf. Wahrscheinlich setzt sich Laura wieder mal durch.

Während Peter die Koffer hochträgt, gehst du mit deiner Mutter in die Küche. Sie lässt den Kaffee durchlaufen und erzählt dir von ihren Arztbesuchen, dem kranken Nachbarn und der Wasserleitung, die vor ein paar Tagen geplatzt ist. Zum Glück hat der Klempner das Malheur schnell in den Griff bekommen. Dann tragt ihr zusammen das alte Porzellanservice ins Wohnzimmer und ruft die anderen zum Kaffeetrinken. Es wird ein entspannter Nachmittag.

Fipsis Verschwinden tritt schnell in den Hintergrund, als Laura und Jonas hören, dass die Bauernhofkatze vor ein paar Wochen Junge bekommen hat. Oma hat sogar das Versteck aufgespürt und ist die Heldin des Tages. Du hast es ja gewusst. Deine Mutter lächelt glücklich, als ihr die Kinder einen Kuss auf die Wange drücken und lärmend nach draußen rennen. Es wird nicht einfach werden, sie später davon abzuhalten, den halben Wurf in den Koffer zu packen.

Peter lehnt sich zurück, seufzt zufrieden und streichelt dir den Nacken. »Eva, hast du eigentlich Kontakt zu Onkel Georg aufgenommen?«, fragt dich deine Mutter unvermittelt. Du versteifst dich.

»Wer ist denn Onkel Georg?«, fragt Peter erstaunt.

Irritiert schaut dich deine Mutter an: »Hast du Peter denn nie von deinem Patenonkel erzählt?«

»Nein, warum sollte ich?«, murmelst du leise.

Sie seufzt und erklärt deinem Mann über deinen Kopf hinweg: »Onkel Georg ist ein alter Freund von Heinz, meinem Exmann. Die beiden haben sich in Jugendjahren kennengelernt, aber schon lange keinen Kontakt mehr. Georg ist Evas Patenonkel und hat sich lange Zeit wie ein Vater um sie gekümmert. Ihr eigener war ja meistens nicht da.«

Sie nimmt einen Schluck aus der Kaffeetasse. Du schweigst. »Jedenfalls ist Georg irgendwann aus heiterem Himmel verschwunden, ohne dass irgendjemand davon wusste. Später hat er einen Brief geschickt, dass er nach Amerika ausgewandert ist. Weiß der Himmel, warum. Da war Eva vierzehn. Seitdem haben wir nur selten und schon lange nicht mehr von ihm gehört. Bis ich vor ein paar Wochen einen Brief erhalten habe: Georg liegt in der Charité in Berlin. Mit Lungenkrebs im Endstadium … Obwohl er nie geraucht hat.«

Schweigen am Tisch. Peter mustert dich perplex. Von diesem Lebensabschnitt hat er in fast dreizehn Jahren Ehe und zwanzig Jahren Beziehung nie etwas gehört. Obwohl er dich doch so gut kennt. Oder etwa nicht? Du starrst angestrengt auf deinen Teller. Deine Mutter scheint deine Anspannung nicht zu bemerken und fährt fort: »Eva hat ihm das nie verziehen. Was ich gut verstehen kann, schließlich hat sie mit seinem Verschwinden auch noch ihren zweiten Vater verloren.« Mama, lass das!, rumort es in dir. »Aber jetzt ist er sterbenskrank und vielleicht sollte man da die alten Geschichten ruhen lassen.« Der letzte Satz ist an dich gerichtet. »Georg hat doch so viel für dich getan.« Sie greift nach deiner Hand. Du ziehst sie weg. Jetzt scheint sie zu bemerken, dass sie zu weit gegangen ist. »Ach, Schatz, es tut mir leid, wenn ich alte Wunden aufgerissen habe«, sagt sie sanft. »Aber du weißt doch, wie sehr er sich freuen würde, dich noch mal zu sehen. Es ist doch nur eine Fahrt nach Berlin.«

Du wirfst deine Contenance über Bord und stehst auf. »Ich bin keine dreizehn mehr, Mama. Misch dich bitte nicht in meine Angelegenheiten ein«, zischst du mit zusammengebissenen Zähnen, öffnest die Tür und verschwindest im Garten. Dabei spürst du Peters fragende Blicke im Rücken. Zwischen den Apfelbäumen bleibst du stehen, legst den Kopf in den Nacken und schließt die Augen. Ruhig durchatmen. Früher war früher, heute ist heute. Du bist zweiundvierzig Jahre alt und die Vergangenheit kann dir gar nichts mehr. Vergiss die alten Geschichten. Du öffnest die Augen und blickst in das Blätterwerk, das sich über deinem Kopf sanft im Wind bewegt. Schon vor dreißig Jahren hast du hier gestanden und nach oben gestarrt. Da waren die Zweige noch nicht so knorrig und die Äpfel noch nicht so spärlich. Aber sie sahen schon damals aus wie lange, gespenstische Finger.

Als du zurück ins Haus gehst, hast du dich wieder gefangen. Kannst deinen Mann sogar anlächeln, der dir besorgt ins Gesicht blickt. Deine Mutter murmelt ein »Entschuldigung« und räumt den Tisch ab. Du gehst ihr zur Hand, um zu zeigen, dass alles wieder in Ordnung ist. Ihr redet nicht mehr über das Thema und langsam entspannt sich die Stimmung. Laura und Jonas kommen hereingestürmt. Sie sind aufgeregt. »Maaama, Paaapa!«, rufen sie strahlend. »Die Babykatzen sind sooo süß! Dürfen wir eine mit nach Hause nehmen?« Das hast du erwartet und tust so, als ob du gerade dringend in den Keller musst. Soll Peter doch diesmal der Neinsager sein. Auf dem Weg nach unten kannst du dir ein schadenfrohes Grinsen nicht verkneifen. Laura hat eine lückenlose Argumentationslinie entwickelt, warum es keinen einzigen Grund gibt oder geben kann, der dagegenspricht. Sie wird sich nicht vom Gegenteil überzeugen lassen. Da ist sie eben ganz der Papa.

Das Katzenthema nimmt den ganzen Nachmittag und Abend in Anspruch. Es bleibt keine Zeit für Grübeleien. Du bist froh darüber. Erst als ihr Stunden später erschöpft ins Bett sinkt, fangen die Gedanken wieder an zu kreisen. Du kannst nicht schlafen. Das alte Haus knarrt, knackst und wispert. Schon als Kind hattest du manchmal das Gefuhl, es spricht mit dir. Du wälzt dich von einer Seite auf die andere und starrst die Decke an. Peter schläft wie immer sehr effizient. Schließlich stehst du auf und ziehst deine Sachen an. Im Schrank hängt noch ein alter Parka, den deine Mutter manchmal im Garten anzieht. Du willst gerade aus dem Zimmer gehen, als du Peter schlaftrunken murmeln hörst: »Wo willst du hin, Schatz?«

Du zuckst kurz zusammen und flüsterst dann in die Dunkelheit: »Ich gehe nur kurz an die frische Luft. Bin gleich wieder da.«

»Bleib nicht so lange«, erwidert Peter undeutlich und ist auch schon wieder eingeschlafen.

Draußen ist es dunkel, kalt und stürmisch. Du ziehst den Parka enger um die Schultern und läufst einfach drauflos. Wie ferngesteuert tragen dich deine Füße den Weg entlang, den du als Kind oft gelaufen bist: Richtung Spielplatz. Der Wind zerrt an deinen Gedanken und pustet dein Gehirn leer. Du denkst nicht, du machst einfach. Als du an der schmalen Autobahnbrücke ankommst, die ihr als Kinder immer überqueren musstet, um zu der Grünfläche mit den Spielgeräten zu kommen, bleibst du stehen. Unter dir rasen in unregelmäßigen Abständen die Lichter der Autos hindurch. Hier habt ihr früher oft gestanden und den Autofahrern zugewinkt. Bis dir deine Mutter gesagt hat, dass das gefährlich ist, weil ihr sie ablenken und damit einen Unfall verursachen könntet. Also habt ihr nur noch gewinkt, wenn euch niemand dabei beobachtet hat.

Du schaust dich um. Die Brücke ist menschenleer und rundherum alles wie ausgestorben. Neben dir liegt ein großer Haufen mit Bauschutt, schon halb überwuchert. Welch ein Zufall, dass Mamas Gartenhandschuhe in der Jackentasche stecken. Du ziehst sie über und zerrst mit ein wenig Beharrlichkeit einen großen Brocken aus dem Schutthaufen. Er fühlt sich an wie Beton und ist ziemlich schwer.

Langsam hievst du ihn auf das Brückengeländer. Dann blickst du in die Ferne. Lichter reihen sich am Horizont wie eine Perlenkette aneinander. Eine Autoperlenkette mit Autofahrerperlen, die vielleicht gerade auf dem Weg nach Hause sind. Müde von der nächtlichen Autofahrt. Müde von den Gedanken und Bildern, die immer und immer wieder durch ihren Kopf kreisen.

Du schließt die Augen und stellst dir vor, wie du den Brocken fallen lässt. Den dumpfen Aufprall, das Bremsenquietschen, das Glassplittern – vielleicht sogar Schreie. Du zögerst kurz, dann lässt du den Brocken langsam vor dir auf den Gehweg sinken. Es ist kalt. Du ziehst die Kapuze tief ins Gesicht, vergräbst die Hände in den Jackentaschen und läufst wie in Trance den verlassenen Weg zurück. Die Kälte lässt dich schlottern.

Im Haus deiner Mutter angekommen, bist du extra leise. Auf Zehenspitzen schleichst du über den knarrenden Dielenboden und öffnest vorsichtig die Tür zum Gästezimmer. Und erschrickst. Peter hat das Licht angeknipst und schaut dich mit großen Augen an: »Wo warst du so lange?«

»Ich … ich habe nur einen kleinen Spaziergang gemacht, um den Kopf freizubekommen. Jetzt geht's mir besser.« Deine Stimme ist heiser. Mit klammen Fingern ziehst du deine Sachen aus.

Peter sagt eine Weile gar nichts und schließlich: »Komm ins Bett, mein Schatz. Du zitterst ja. Wie kommst du bloß auf solche Ideen?« Du schlüpfst unter die warme Bettdecke und schmiegst dich an ihn. Er riecht gut und du spürst seine Muskeln unter dem T-Shirt. Du schmiegst dich fester an ihn. Er reagiert. Dein Atem geht schnell und flach. Es ist alles gut.

Kapitel 8

Das Katzenthema ist noch lange nicht durch. Obwohl Peter sich gestern klipp und klar dagegen ausgesprochen hat, wird die Diskussion am Frühstückstisch weitergeführt.

»Warum denn nicht?«, quengelt Laura zum zigsten Mal. »Die Katze hätte es gut bei uns. Und einen Garten haben wir auch.« Jonas unterstreicht die verbalen Anstrengungen seiner Schwester mit einem traurigen Blick.

»Das habe ich dir gestern schon gesagt: weil eine Katze viel mehr Arbeit macht als ein Hamster. Und der musste oft genug in einem schmutzigen Käfig schlafen«, erwidert Peter.

»Stimmt ja gar nicht!«, protestiert Laura lautstark. Oh, doch, das stimmt. Und eigentlich solltest du Peter jetzt argumentativ zur Seite stehen. Aber irgendwie hast du gar keine Lust dazu. Stattdessen beißt du genüsslich in dein Marmeladenbrötchen. Die gute selbst gemachte von Mama.

Peter fährt fort: »Und im Urlaub? Was machen wir dann mit der Katze? Oder wollt ihr etwa nicht mehr in den Urlaub fahren?«

»Susi nimmt sie«, erwidert Laura prompt, »hat sie mir gestern noch geschrieben. Sie fand die Katzenfotos total süß, die ich ihr geschickt habe.«

»Und wenn Susi auch im Urlaub ist?«

Laura wirft Mama einen flehenden Blick zu und gurrt charmant: »Oma würde sie bestimmt nehmen. Nicht wahr, Oma?« Ausgekochtes kleines Luder.

Noch bevor Mama etwas erwidern kann, sagt Peter laut und deutlich: »Nein. Und es bleibt bei dem Nein. Ende der Diskussion.«

Kurzes Schweigen, erstaunte Blicke. So wenig Diplomatie ist man von ihm gar nicht gewöhnt. Er hat die Nase voll, das sieht man ihm an. Laura muss ihn gestern schon ordentlich bearbeitet haben. Keine drei Sekunden später geht die Sirene los: Laura heult, als ob ihr Hamster gerade zum zweiten Mal verschwunden wäre. Und weil Jonas nichts Besseres einfällt, lässt auch er ein paar Tränen über die Wangen kullern. Die morgendliche Familienidylle ist dahin. Mama schaut dich mit großen Augen an. Jetzt ist es an dir, ein paar schlichtende Worte zu finden. Dann wäre Laura noch eine halbe Stunde bockig und danach wäre es ausgestanden. Zumal ihr sowieso nach dem Frühstück wieder nach Hause wollt. Ihr würdet auf der Heimfahrt beiläufig das Wort »Reiturlaub« fallen lassen und Laura hätte auf der Stelle alles andere vergessen.

Aber dir ist nicht nach Harmonie. »Na ja«, sagst du mit sanfter Unschuldsmiene, »eigentlich hätten wir doch tatsächlich Platz. Der Garten ist groß, keine Schnellstraße in der Nähe und die Buschs« – eure Nachbarn – »kümmern sich bestimmt gern mal ein paar Tage. Schließlich habe ich auch schon oft genug ihre Wellensittiche gefüttert.«

Unglaubig starrt dein Mann dich an. Jonas verschluckt sich vor Aufregung und Laura kann ihr Glück kaum fassen. »Jaaa, Mama ist dafür! Mama hat recht! Wir kriegen eine

Katze, wir kriegen eine Katze!« Sie springt auf und hüpft durchs Wohnzimmer. Du bist die Heldin des Tages. Und musst dir Mühe geben, deinen Triumph nicht allzu sehr auszukosten.

»Aber!«, sagst du mit strenger Miene und Laura ist augenblicklich mucksmäuschenstill. »Aber, meine lieben Kinder, der Deal heißt: Ihr füttert die Katze und ihr macht das Klo sauber. Ist das klar?«

»Klaaaro!«, beeilt sich Laura zu sagen und Jonas nickt eifrig. »Versprochen ist versprochen und wird auch nicht gebrochen!« Laura streckt die gekreuzten Finger in die Luft. Wenn du dich richtig erinnerst, hat sie das vor dem Hamsterkauf auch gemacht.

»Und jetzt wird in Ruhe zu Ende gefrühstückt!« Dein fulminantes Schlusswort.

Während deine Kinder brav ihre Marmeladenbrötchen aufessen und dabei mit roten Wangen über die großartige Neuigkeit wispern, schnappst du Mamas fragenden Blick auf. Mit einem stummen Seufzen zuckst du mit den Schultern. Dann wagst du einen vorsichtigen Seitenblick auf deinen Mann. Peter starrt mit zusammengezogenen Augenbrauen vor sich hin und kaut verbissen auf seinem Brötchen herum. So verhält er sich nur selten. Dann, wenn er wirklich sauer ist. Du musst dem Drang widerstehen, ihm eine Hand auf den Arm zu legen. Das würde seine Niederlage nur noch unterstreichen. Stattdessen streichelst du ihm über die Wange. Eine großartige Geste der Demütigung.

Eine Stunde später sitzt ihr im Auto. Mit dem Versprechen, in zwei bis drei Wochen wiederzukommen, haben Laura und Jonas still und zügig ihre Sachen zusammengepackt. Mama hat gesagt, die Kätzchen sind noch zu jung und sie müsste erst mit der Bäuerin sprechen. Die sich sicherlich freuen wird, ein Katzenproblem weniger am Hals zu haben. Du drehst dich zu deinen Kindern auf der Rückbank um. Laura tippt aufgeregt auf ihrem Handy herum und Jonas lächelt still in sich hinein. Jetzt bekommt Janosch einen Katzenfreund. Dann lässt du deinen Blick zu Peter wandern, der mit verkniffenem Gesichtsausdruck am Steuer sitzt. Seit dem Frühstück hat er kaum ein Wort gesagt. Das wird schon wieder, denkst du dir und schließt die Augen für ein kurzes Nickerchen.

Zu Hause angekommen, macht sich Laura in Windeseile auf den Weg zu Susi. Wahrscheinlich werden sie nach gründlicher Inspizierung der Handyfotos beratschlagen, welches Kätzchen den Zuschlag bekommt. Jonas stapft auf sein Zimmer. Du wendest dich gerade zur Treppe, um ein paar Sachen ins Schlafzimmer zu bringen, als du Peters Stimme hinter dir hörst: »Eva!« Ungewöhnlich scharf. »Wir müssen reden.« Langsam drehst du dich zu ihm um. Ist es jetzt so weit? Hast du den Bogen überspannt? »Setzen wir uns ins Wohnzimmer.« Du folgst ihm in den großen Raum mit den geschmackvollen Kunstdrucken an der Wand und der großen Fensterfront, die einen weiten Blick in den Garten eröffnet. Die Herbstsonne taucht das Parkett in einen warmen Ton und wirft tanzende Schattenspiele an die Wand. Langsam lässt du dich auf den weichen Ledersessel sinken. Ihr habt ein schönes Zuhause.

»Eva«, sagt Peter noch einmal und plötzlich ist jede Schärfe aus seiner Stimme verschwunden. Müde streift er sich mit der Hand über das Gesicht und lässt sie dann schlaff über die Rückenlehne baumeln. Wenn er sich morgens nicht rasiert, wirkt er viel älter, als er in Wirklichkeit ist. »Was ist los?« Mit dem ahnungslosesten aller Blicke schaust du ihn fragend an.

»Was meinst du?«

»Warum hast du das vorhin gemacht?«

»Was denn? Meinst du das mit den Katzen?« Peter reagiert nicht. »Na ja, ich wollte dem ganzen Theater ein Ende machen. Und warum auch nicht? ... Tut mir leid, wenn ich das vorher nicht mit dir abgesprochen habe.«

Peter mustert dich schweigend und sagt schließlich: »Du bist mir in den Rücken gefallen.« Starke Worte.

»Tut mir leid, das wollte ich ganz sicher nicht.«

»Du weißt schon, wer sich am Ende um das Tier kümmern wird?«

»Na ja, die Kinder haben's doch versprochen. Außerdem ist es gut, wenn Kinder ein Haustier haben ... um Verantwortung zu lernen.«

»Eva!« Du schaust ihn unschuldig an. »Eine Katze ist kein Spielzeug. Und auch kein Hamster, den man einfach besei..., der nach zwei bis drei Jahren sowieso stirbt.«

»Wie meinst du das?«

»Wie meine ich was?«

»Du wolltest etwas anderes sagen.«

»Was wollte ich sagen?«

»Tu doch nicht so!«

Peter schweigt einen Moment und sagt dann: »Ja, stimmt, ich wollte etwas anderes sagen. Du weißt genau, was. Ich bin doch nicht blind.«

»Also, das finde ich jetzt« – du ereiferst dich – »eine unmögliche Unterstellung!«

Peter seufzt und streicht sich noch einmal über das Gesicht. Diesmal mit beiden Händen. Dann beugt er sich vor und schaut dir in die Augen. Zwischen euch nur der Couchtisch. Das originelle Designerstück aus verwitterten Holzbohlen und der ornamental geschliffenen Glasplatte. »Es geht gar nicht nur um den Hamster oder die Katzen«, sagt er leise. »Irgendwas stimmt doch gerade nicht. Deine nächtlichen Ausflüge, die Stimmungsschwankungen, das Verhalten gegenüber deinen Kollegen ... was ist los?« Du willst protestieren, lässt es aber. Stattdessen erwiderst du stumm und emotionslos seinen Blick. »Bist du unzufrieden? Möchtest du mehr Zeit für dich, ist es das? Ich könnte es verstehen. Die Kinder sind gerade sehr anstrengend. Laura kommt langsam in die Pubertät und Jonas ...« Er stockt.

Du schweigst immer noch. »Und was ist eigentlich mit diesem Patenonkel Georg? Hat es was mit ihm zu tun?« Jetzt spürst du einen Stich und schüttelst heftig den Kopf. »Da ist doch was. Hat er dir was angetan ... früher?«

»Lass Georg aus dem Spiel«, fährst du ihn an. »Das geht dich gar nichts an.«

»Siehst du, genau das meine ich. Es geht mich nichts an. Natürlich geht es mich etwas an, ich bin dein Mann! Wieso weiß ich nichts über diese Sache, die dir offensichtlich sehr nahegeht?« Wütend presst du die Lippen aufeinander. »Was hat dieser ...?«

»Er hat mir nichts getan«, fällst du ihm heftig ins Wort. »Es ist nur einfach ... meine Sache.«

Peter lehnt sich zurück und schaut aus dem Fenster. Der Wind bläst die letzten vereinzelten Blätter aus der Baumkrone. Sie drehen ein paar hilflose Pirouetten, erstarren zitternd in der Luft und sinken schließlich zu Boden.

»Wie können wir eine Ehe führen, wenn du mir nicht vertraust?« Seine müde Stimme klingt wie aus weiter Ferne. Gedämpft und irgendwie surreal.

Kapitel 9

Du hast dir vorgenommen, dich zusammenzureißen. So kann es nicht weitergehen. Also setzt du dein charmantestes Lächeln auf, als du am nächsten Tag zur Arbeit fährst. Auf dem Beifahrersitz liegt eine Packung handverlesener Pralinen. Für Anastasia. Als du das Büro betrittst, ist von ihr allerdings weit und breit nichts zu sehen. Ganz im Gegenteil: Ihr Schreibtisch wirkt geradezu leer gefegt. »Ist Anastasia krank?«, fragst du in die Runde. Die Kollegen zucken mit den Schultern.

»Montag halt«, murmelt irgendjemand.

»Vielleicht hat sie sich den Magen verdorben.« Gunnar, wer auch sonst. Aber niemand lacht. Dicken-Bashing scheint seinen Reiz zu verlieren. Oder sollte Carsten tatsächlich ein Machtwort gesprochen haben?

»Der Chef will dich sprechen.« Womit wir beim Thema wären. Renate steht vor deinem Tisch, als wolle sie noch mehr sagen. Sie schaut so seltsam.

»Alles klar, ich geh gleich mal zu ihm … Ist was?«

»Nee, nee.«

Carstens Büro ist zwei Türen weiter. Du nennst ihn nur privat so, vor allen anderen ist er immer »der Chef«. Eine berufliche Distanz ist ihm wichtig, hat Carsten einmal betont. Was vielleicht auch daran liegt, dass er mit seinen fünfundvierzig Jahren immer noch aussieht wie ein großer Junge. Selbst die grauen Schläfen können die Pausbäckchen nicht kaschieren. Nicht, dass jemand die Hackordnung infrage stellt.

»Eva, komm rein.« Du schließt die Tür hinter dir und setzt dich. Carsten hat die Hände auf dem Tisch verschränkt und mustert dich. »Geht es dir gut? Wie war's bei deiner Mutter?« Peter hat also vom Familienausflug erzählt. Tratschtante. Manchmal nervt es dich, dass dein Chef so viel über dein Privatleben weiß. Wo bleibt da die professionelle Distanz?

»Danke, ganz in Ordnung. Apfelkuchen, Filterkaffee, das Übliche eben. Die Kinder waren glücklich.« Carsten nickt wissend. Aus welchen Gründen auch immer. Schließlich hat er keine Familie. Er genießt seine Freiheit. Am liebsten mit langbeinigen Wundern, die mindestens fünfzehn Jahre jünger sind als er.

»Worüber ich mit dir reden wollte.« Themenwechsel. Wird's jetzt unangenehm? »Anastasia hat gekündigt.«

»Ach, was!« Jetzt bist du wirklich baff. Die Kollegin, die seit Jahren den Horizont hinter deinem Bildschirm füllt, hat hingeschmissen? Respekt. »Warum?« Du kannst es dir eigentlich denken.

»Offenbar ist sie über einen längeren Zeitraum systematisch gemobbt worden. Was ich leider viel zu spät erfahren habe.«

»Und dann kann sie einfach so von heute auf morgen kündigen?«

»Sie hatte noch Resturlaub und für die übrige Zeit habe ich sie freigestellt.« Nett von ihm. »Wusstest du etwas davon?«

»Wovon?«

Carsten wirkt genervt. »Stimmt es, dass sie so drangsaliert wurde? Das kann dir doch eigentlich nicht entgangen sein, zumal du selbst nicht ganz unbeteiligt warst, wie ich hörte.« Tja, was sollst du jetzt dazu sagen? Dass man kein Kollegenschwein sein möchte, das petzend zum Chef rennt? Dass man sich daran gewöhnt hatte? Dass es dir eigentlich egal war? »Ich hätte aufmerksamer sein sollen. Mir war einfach nicht klar, wie ernst das Ganze war, sonst wäre mir diese Bemerkung neulich nie herausgerutscht«, sagst du schließlich. Und: »Es ist schade, dass Anastasia nicht mehr da ist. Sie war eine gute Kollegin und hat einen prima Job gemacht.« Blablabla.

»Und darüber wollte ich auch mit dir reden.« Oha, denkst du. Carsten lehnt sich schwungvoll in seinem ergonomisch geformten Alpha-Sessel zurück und verschränkt die Arme hinter dem Kopf. »Die Geschäfte laufen gut, neue Projekte stehen an und ich brauche Leute, die da mitziehen.« Er macht eine bedeutungsvolle Pause und setzt eine bedeutungsvolle Miene auf. Dann holt er aus: »Ich stehe nun vor der Entscheidung, entweder jemand Neuen einzustellen – und das ziemlich schnell – oder die Aufgaben jemand anderem aus der Abteilung zu übertragen. Und da hatte ich an dich gedacht.« Was? Bevor du etwas erwidern kannst, fährt er fort: »Ihr habt beide halbtags gearbeitet. Ich weiß, dass du Anastasias Aufgabenbereich fachlich locker übernehmen könntest. Die Frage ist, ob du bereit wärst, wieder ganztags zu arbeiten.«

Du bist fassungslos. Dann sagst du zögerlich. »Na ja, du weißt doch …«

»Ich weiß, ich weiß« – er fällt dir ins Wort –, »die Kinder, die Familie und überhaupt. So eine Doppelbelastung ist bestimmt nicht leicht. Aber das Ganze hätte einen besonderen Vorteil für dich: Du weißt, dass ich genug andere Sachen um die Ohren habe. Ich bekomme praktisch nicht mit, was in eurer Abteilung passiert; Beispiel: Anastasia. Das Chaos muss ein Ende haben. Deshalb brauche ich eine Abteilungsleiterin oder einen Abteilungsleiter. Beziehungsweise jemanden, der diese Aufgabe erfüllt, ohne sich so zu nennen. Die Firmenrichtlinien sind da ein bisschen … speziell. Jedenfalls hatte ich dabei an dich gedacht.«

Wie bitte? Du verstehst die Welt nicht mehr. Eigentlich hattest du mit einer Ermahnung gerechnet. »Und die Vergütung wäre der Stelle natürlich angemessen«, beeilt sich Carsten hinzuzufügen. Dann schaut er dich erwartungsvoll an. Du schweigst. Und jetzt? Ein Angebot, das du nicht ausschlagen kannst, gegen das Wohlergehen deiner Familie? Anastasias Job übernehmen und das mit links? Klar, sie hat ja »nur« halbtags gearbeitet. Genau wie du. Und wenn man zwei halbe Jobs zusammenzählt, kommt natürlich ein ganzer raus. Was für eine rechnerische Glanzleistung. Oder mal wieder eine von Carstens gut getarnten Einsparmaßnahmen?

»Das ist natürlich sehr reizvoll«, sagst du langsam. »Schön, dass du dabei an mich gedacht hast. Wissen die anderen schon davon?«

»Natürlich nicht. Ich habe Renate nur informiert, dass Anastasia gekündigt hat, und angedeutet, dass sich die Abteilung strukturell verändern wird.« Deshalb also der Blick vorhin. Renate hat ein Gespür für solche Dinge. Wahrscheinlich ahnt sie, wer ihr demnächst auf die Finger schauen wird.

»Ich muss darüber nachdenken, Carsten. Und mit Peter reden, wie wir das mit den Kindern machen.« Carsten nickt verständnisvoll. »Das kommt einfach sehr plötzlich. Bis wann brauchst du eine Entscheidung?«

»Na, du weißt ja: nach Möglichkeit asap. Aber rede erst mal in Ruhe mit deinem Mann.« Dich beschleicht das Gefühl, dass er das längst getan hat. Oder hat etwa …?

»Hat Peter etwas damit zu tun?« Die Frage kommt ungewollt heftig.

»Aber, Eva, wie kommst du denn darauf?«

Er lehnt sich noch weiter in seinem Sessel zurück und wippt athletisch vor und zurück. Dann grinst er plötzlich zufrieden. »Wir müssen mal was trinken gehen. Alle zusammen. Ich habe eine neue Freundin, die müsst ihr einfach kennenlernen. Zucker, sag ich dir!« Was soll das denn jetzt, denkst du und musterst ihn. Die geröteten Bäckchen, das selige Lächeln – er scheint es ernst zu meinen. Trotzdem: Die neue Vertrautheit ist dir unheimlich. Zügig verabschiedest du dich.

Die anderen schauen dich erwartungsvoll an, als du zurück ins Büro kommst. Du erwiderst ihre Blicke nicht, sondern setzt dich schweigend an deinen Platz. Auch Renate wirst du nichts erzählen. Bis du mit Peter geredet hast. Dein Blick fällt auf die Pralinenschachtel in deiner geöffneten Tasche. Und mit Anastasia. Du nimmst dir vor, gleich nach der Arbeit zu ihr zu fahren. Laura und ihr Pony werden halt einfach mal eine halbe Stunde aufs Mittagessen warten müssen. Ein kleiner Vorgeschmack auf die Zukunft. Vielleicht.

Erst nach dem zweiten Klingeln summt der Türöffner. Du wolltest dich schon wieder abwenden und Anastasia die Pralinen einfach in den Briefkasten werfen. Eine kurze Botschaft hast du schon im Büro verfasst. Aber so einfach macht sie's dir dann doch nicht. Sie wohnt im dritten Stock eines hübschen Altbaus in Schwabing. Allein. Die Wohnung hat sie von ihren Eltern bekommen. Geschenkt. Wie sie da wohl ohne Aufzug jeden Tag hochkommt, fragst du dich, als du die Treppen hochstapfst.

Anastasia steht schon im Türrahmen. Anders, als du es erwartet hattest. Statt einer in Tränen aufgelösten Mitleidskugel empfängt dich eine vorteilhaft gestylte, geschmackvoll geschminkte Frau mit einem topmodischen Haarschnitt. Wo ist deine alte Kollegin hin? »Komm rein«, sagt sie, noch bevor dir das passende Kompliment einfällt.

Ihre Wohnung gleicht dem Einrichtungskatalog eines Designermöbelgeschäfts. Die Kochinsel in der offenen Küche glänzt in feinstem Edelstahl. Wie kann sie sich bloß dieses schicke Interieur leisten? Ach ja, sie zahlt ja keine Miete und Kinder hat sie auch nicht. »Setz dich. Möchtest du einen Tee?«

»Danke, aber mach dir keine Umstände. Ich muss leider in einer Viertelstunde wieder los. Du weißt ja, die Kinder, das Mittagessen …«

»Klar.« Sie setzt sich dir gegenüber und mustert dich abwartend. Jede Spur von Unterwürfigkeit ist aus ihrem Blick verschwunden. »Also, erst mal wollte ich dir sagen, dass es nicht in Ordnung war, wie ich dich in der letzten Zeit behandelt habe. Ich weiß nicht, was da mit mir los war. Entschuldige.« Anastasia schweigt. Du räusperst dich. »Der Chef hat mir heute erzählt, dass du gekündigt hast. Das tut mir sehr leid.«

»Ganz ehrlich«, sagt Anastasia schließlich. »Mir tut gar

nichts leid. Das war die beste Entscheidung, die ich seit Jahren getroffen habe. War längst überfällig. Manchmal braucht es eben erst einen Arschtritt, bevor man das Richtige macht.« Arschtritt? Solche Worte nimmt Anastasia sonst nie in den Mund.

»Okay. Wahrscheinlich hast du recht. Mir tut's trotzdem leid. Für uns ... Und was machst du jetzt?«

»Erst mal gar nichts.« Du schaust sie fragend an. »Ich habe mit der Arbeitsagentur einen Deal: Das Arbeitslosengeld wird für ein halbes Jahr ausgesetzt und ich mache eine Weltreise. Asien, Amerika, alles, was ich längst sehen wollte. Erspartes hab ich genug. Und danach sieht man weiter.«

»Wow.« Das ist allerdings ein Hammer. Wie gut kennst du eigentlich die Frau, mit der du jahrelang zusammengearbeitet hast? »Das ist wirklich stark.«

»Ja, das ist es.«

»Und was machst du so lange mit der Wohnung?« Eine bessere Frage fällt dir nicht ein.

»Untervermieten.« Was auch sonst. Schweigen, bis Anastasia schließlich sagt: »Ich glaube, du musst jetzt gehen, oder? Die Kinder, das Mittagessen ...« Oha. Sie schmeißt dich raus.

»Ja, klar.« Hastig erhebst du dich.

An der Tür reicht dir Anastasia die Hand. »Mach's gut, Eva. Und wenn du von einer Presswurst einen guten Rat hören willst: Ändere was an deinem Leben. Du bist die mit dem Problem, nicht ich.«

Die Tür fällt ins Schloss.

Kapitel 10

Zu Hause ist dicke Luft. Jonas hat ein schlechtes Diktat geschrieben und Laura ist sauer, weil das Mittagessen noch nicht auf dem Tisch steht. »Ich habe Hunger«, meckert sie. »Außerdem muss ich in zehn Minuten zum Reiten.«

»Dann kannst du ja jetzt erst mal Cornflakes essen. Das machst du sonst doch auch immer so gern. Und heute Abend mache ich dir eine schöne Portion vom Mittagessen warm.«

»Heute Abend will ich die aber nicht mehr.«

»Schade.«

»Muss ich jetzt etwa immer selbst kochen?«

»Das wäre ein interessanter Vorschlag.« Kleines verwöhntes Biest, denkst du.

Laura schnaubt wie ihr Pony, macht auf dem Absatz kehrt und stapft die Treppen in den Keller hinunter, um ihre Reitstiefel anzuziehen. »Dann hole ich mir eben Süßigkeiten vom Bäcker«, ruft sie triumphierend. Denn sie weiß, dass du das überhaupt nicht magst.

Nachdem du endlich gekocht, Jonas tröstend über den Kopf gestreichelt – »Das nächste Diktat wird bestimmt besser, Schätzchen« – und die Küche aufgeräumt hast, ist es zu spät für eine Mittagspause. Der Kühlschrank ist leer, du musst noch zur Post und hast Oma Elfriede versprochen, ein paar Sachen abzuholen. Schon vor einer Woche. Außerdem musst du mit Peter reden, wenn er heute Abend nach Hause kommt … »Du bist die mit dem Problem, nicht ich.« Anastasias Worte spuken dir immer noch durch den Kopf.

Dein Handy piept. Wahrscheinlich Elfriede, die noch irgendeinen Auftrag für dich hat. Seitdem sie ein Smartphone besitzt und weiß, was eine SMS und ein Chat ist, wird es rigoros gegen dich eingesetzt. Eva, könntest du vielleicht, hast du daran schon gedacht, lasst doch mal wieder was von euch hören! Stets versehen mit einer Armada grinsender und hüpfender Smileys. Geduldig hast du ihr letztes Weihnachten zwischen Gänsebraten und Feuerzangenbowle erklärt, was ein Worterkennungsprogramm ist und wie man Fotos verschickt. »Eine elektrische Heckenschere hätten wir besser gebrauchen können«, hat sie gemosert.

Aber die Nachricht ist nicht von Elfriede, sondern von Elena. »Eva!«, schreibt sie. »Ich muss dir unbedingt was erzählen. Hast du heute Zeit?« So was. Hoffentlich ist nichts passiert, denkst du.

»Alles okay bei dir?«, schreibst du zurück.

»Und wie ☺«, kommt die prompte Antwort. »Um 4 im Café Mozart?«

Typisch Elena. Kommt gar nicht erst auf die Idee, dass man Montagnachmittag auch andere Dinge zu tun haben könnte. Kinderlos und selbstständig, hat sie ihre eigene Zeitrechnung. Andererseits: Du bist wirklich neugierig. Und mit Elena ist es eigentlich immer lustig. Eine reizvolle Alternative zu Oma Elfriedes Sonderaufträgen. »Um 5 hätte ich Zeit«, schreibst du. »Muss noch ein paar Sachen erledigen.«

»Super, passt! Bis später ☺«

Dann muss der Rest eben warten.

Elena sitzt schon im Café, als du eintriffst, und strahlt über beide Ohren. Sie ist von Natur aus mit guter Laune gesegnet, aber diese ist wirklich auffällig. Sie umarmt dich herzlich und drückt dir einen Kuss auf die Wange. »Geht's euch gut, Peter und dir?«

»Aber sicher, kann nicht klagen.«

»Und die Kids?«

»So weit, so gut. Laura kommt langsam in die Pubertät« – du verdrehst die Augen – »aber noch ist es einigermaßen erträglich.«

Die Bedienung kommt und du bestellst einen Cappuccino und ein Stück Kuchen. Ein Bier wäre dir lieber gewesen, aber Uhrzeit und Ambiente sprechen dagegen. Elena bestellt einen Kuchen und einen Tee – eher ungewöhnlich für einen passionierten Koffeinjunkie. Binnen weniger Sekunden wird dir aber auch klar, warum.

»Stell dir vor, ich bin schwanger!«, platzt sie heraus. Freudestrahlend.

»Was?« Das Letzte, womit du gerechnet hättest. »Das ist ja unglaublich … wunderbar!«, fügst du schnell hinzu und versuchst, deinem Lächeln einen Touch Euphorie zu verleihen.

»Ich weiß, ich weiß, keiner hätte damit gerechnet. Ich am allerwenigsten. Es ist halt einfach so passiert. War wohl ein wenig nachlässig mit der Pille.« Elena kichert. »Gemerkt habe ich es, als die Periode ausblieb. Was mit Pille ja eigentlich nie passiert. Also auf gut Glück ein Schwangerschaftstest und siehe da: schwupp, schwanger! Sicherheitshalber war ich heute noch mal beim Arzt. Wie es aussieht, bin ich in der fünften Woche.«

»Ah. Wow. Das heißt, du weißt es seit heute?« Und willst es ausgerechnet mir erzählen?, setzt du in Gedanken hinzu.

»Genau.« Das schmeichelt dir. Sie hätte ja auch ihr Herzblatt Beatrice anrufen können. »Christoph weiß natürlich schon Bescheid. Er ist überglücklich. Genau wie ich.«

»Aber«, hakst du vorsichtig nach, »ihr wolltet doch eigentlich keine Kinder?«

»Eigentlich nicht. Aber wenn du's schwarz auf weiß hast beziehungsweise den kleinen Strich im Fensterchen siehst, ist das plötzlich was ganz anderes.« Sie kichert schon wieder. Das müssen die Hormone sein. »Tut mir leid, aber das Lachen muss mir heute echt jemand aus dem Gesicht schneiden. Wenn ich gewusst hätte, wie glücklich eine Schwangerschaft macht, hätte ich schon viel früher damit angefangen.« Dann warte mal die Übelkeit, die Ischias-Schmerzen und die Fressattacken ab, meine Liebe. Du holst tief Luft und strahlst deine Freundin an.

»Mensch, Elena, das freut mich wahnsinnig für euch. Toll! Ihr werdet fantastische Eltern sein. Und habt ja auch die besten Voraussetzungen.«

»So gesehen, ja. Das Haus, der Garten … Klar, ich muss beruflich wohl erst mal kürzertreten, aber mit der Selbstständigkeit bin ich ja recht flexibel.«

»Weiß Beatrice schon davon?«, fragst du mit unschuldigem Gesichtsausdruck.

»Ach, weißt du« – Elena wiegt den Kopf hin und her – »am liebsten hätte ich es ihr sofort erzählt. Aber sie und Bernd können … bei ihnen hat's ja nie so richtig geklappt.

Natürlich würde sie sich für mich freuen. Aber vielleicht muss ich ihr das etwas schonender beibringen.«

»Sie könnte ja Patentante werden.« Das war ironisch gemeint.

»Gute Idee!« Na, super, schnaubst du innerlich. »Jedenfalls, Peter und du, ihr wisst ja, wie das Ganze läuft. Deshalb wollte ich's dir gleich erzählen. Ach, Mensch, das ist so …« Bevor sie die angemessenen Worte findet, stellt uns die Bedienung den Kuchen und die Getränke vor die Nase.

Elena nippt kurz an ihrem Tee und redet weiter: »Erinnerst du dich, du warst die Erste, die schwanger wurde! Ich bin damals aus allen Wolken gefallen. Dabei ist ja dreißig überhaupt nicht früh.« Ja, du erinnerst dich genau. Eigentlich bist du ja selbst aus allen Wolken gefallen. Natürlich, Peter und du, ihr hattet es geplant. Und gut vorgesorgt. Er hatte gerade seine erste Position mit Führungsaufgaben bekommen, dein Platz in der Firma war gesichert und der Kredit fürs Haus genehmigt. Aber dass es dann so schnell gehen würde … Du erinnerst dich gut an den kleinen Strich auf dem Schwangerschaftstest. An die Glücksgefühle aber irgendwie nicht.

»Stimmt, ich war die Erste. Zumindest aus unserem Freundeskreis. Ein paar sind ja sogar schon während der Uni schwanger geworden.«

»Oh, ja. Weißt du noch, Sandra? Im dritten Semester? Meine Güte, tat die mir leid.«

»Unvorstellbar damals. So festgelegt zu sein. Man dachte immer: nach der Uni, ja. Nach der Uni wird alles anders.« Ihr schweigt einen Moment. »Denkst du eigentlich manchmal daran?«

»Woran?«

»An die Unizeiten. Die Partys, die Leute und so …«

»Ich erinnere mich vor allem daran, dass ich nie Kohle hatte, meinen Statistik-Prof gehasst habe und immer in die falschen Typen verschossen war. Aber ja, lustig war es auch. Ist halt schon eeewig her. Fünfzehn Jahre, überleg mal! Bei dir noch länger.«

Stimmt. Es fühlt sich für dich an, als ob ein halbes Leben dazwischenliegt. Die Träume, die Sehnsucht, die Ängste, die du damals hattest. Alles war irgendwie extrem. Extrem genial, extrem scheiße, extrem extrem. Eine Art verlängerte Pubertät. »Das Alter relativiert«, murmelst du vor dich hin.

»Was?« Elena grinst dich an.

»Ach, nichts. Gedankenspinnereien.«

Plötzlich beugt sich Elena vor. »Wusstest du übrigens, dass ich mal in Peter verschossen war?«

»Echt?«

»Ja, ganz am Anfang. Als er mein Tutor war, dort haben wir uns ja kennengelernt. Ich fand ihn ziemlich heiß. Und da war ich übrigens nicht die Einzige im Kurs.« Sie zwinkert vielsagend.

»Na, so was. Ist mir gar nicht aufgefallen.«

»Das war auch schlagartig vorbei, als er dich das erste Mal dabeihatte. Im Studentenclub. Ich habe dich gesehen und wusste: Das kannst du vergessen.«

»Warum?«

»Mensch, weil er dich angehimmelt hat! Ihr wart das Traumpaar der Uni. Mir war von Anfang an klar, dass ihr mal irgendwann heiraten würdet.«

Du betrachtest deine Freundin nachdenklich. »Mir war das nie klar. Bis er mir den Antrag gemacht hat. Da war's auf einmal ganz logisch … Und zwei Monate nach der Hochzeit wurde ich dann ja auch schon schwanger.«

Da fällt dir etwas ein: »So logisch war das aber eigentlich gar nicht. Wir waren doch zwischendurch sogar mal getrennt. Also, quasi.«

Elena lacht. »Meinst du etwa die offene Beziehung?«

»Wieso … wusstest du davon?«

»Ach, Eva, alle wussten es. Peter wurde ja auch nicht müde, immer wieder davon zu erzählen. Als du dann weg warst. Nach der Uni irgendwo in Südamerika. ›Sie muss eben mal was Neues ausprobieren‹«, Elena ahmt Peters Tonfall nach. »›Wir haben eine offene Beziehung. Warum auch nicht, wir sind ja nicht spießig.‹«

Du bist vollkommen baff. Im Ernst? Eigentlich wolltest du damals eine Beziehungspause. Peter hat es in eine »offene Beziehung« umgetauft, was aber eigentlich aufs Gleiche hinauslief. Du wolltest erst mal weg. Aus München, aus dem Muff und irgendwie auch von Peter. Südamerika war schon immer dein Traum, also bist du für ein halbes Jahr rüber. Typisches Backpacking: ein bisschen arbeiten, viel reisen und am meisten nichtstun. Und, ja: Ausprobieren. Vieles. Mit vielen. Warum auch nicht? Am Ende ist ein Jahr daraus geworden.

»Aber Peter hatte doch auch andere Freundinnen in der Zeit, oder nicht? Ich hab sogar ein Foto von einer gesehen. Auf einer Party mit euch.«

Elena schnaubt verächtlich. »Ach, du meinst – wie hieß sie noch gleich – Amelie?«

»Vielleicht, keine Ahnung.«

»Amelie war dein Ebenbild. Genau genommen eine ziemlich schlechte Kopie. Er ist mit ihr zusammengekommen, als du in einer dreizeiligen Massenrundmail geschrieben hast, dass du noch ein halbes Jahr dranhängen würdest. Da unten in Chile, Argentinien, Paraguay oder sonst wo. Und es war genau an dem Tag Schluss, als du angekündigt hast zurückzukommen. Hast du das alles nicht gewusst?«

Langsam schüttelst du den Kopf. »Ich sag doch, Eva, er hat dich angehimmelt. Und er tut es bis heute.«

»Aber warum?«

»Das solltest du wohl besser ihn fragen.« Und fügt hinzu: »Er wusste eben, was er wollte.«

Ganz im Gegensatz zu dir. Du wusstest nie, was du wolltest. Irgendwie ist immer alles einfach passiert.

Kapitel 11

Du wirst Carstens Angebot annehmen. Noch am selben Abend sagst du es Peter. Ohne Diskussionen, Bedenken und Vorwürfe. Du tust erfreut, als er für die Kinderfrage gleich die passende Lösung parat hat. In Form einer jungen Studentin, die mit viel Zeit gesegnet ist. Sie ist die Tochter eines Mitarbeiters, mit dem er sich zufällig vor einer Woche unterhalten hat. Welch glückliche Fügung, nicht wahr? Sarah wird dreimal die Woche kommen, einmal sollen die Kinder zu Oma und Opa und für Freitagnachmittag willst du Carsten Homeoffice abschwatzen. Das sollte ja wohl drin sein bei einer leitendenden Funktion.

Laura und Jonas sind alles andere als begeistert. Aber mit viel diplomatischem Geschick schafft es Peter mal wieder, ihnen das Ganze schmackhaft zu machen. Neben »Jetzt könnt ihr zeigen, wie erwachsen ihr schon seid« und »Oma und Opa machen nach den Hausaufgaben bestimmt schöne Ausflüge mit euch« ist »Sarah kommt aus einer Zirkusfamilie« das weitaus überzeugendste Argument. Was in gewisser Weise sogar stimmt, denn Sarahs Eltern haben sich in einem Zirkus kennengelernt, in dem die Mutter Eintrittskarten und Popcorn verkauft hat. Dass sie außerhalb der Zirkusgemeinschaft geheiratet hat, ist wohl vor allem auf ihr fehlendes artistisches und komödiantisches

Talent zurückzuführen. Was Sarah aber nicht davon abhält, Schauspiel und Theaterwissenschaften zu studieren.

Aber das alles erfährst du erst nach und nach. Die neue berufliche Verantwortung kostet dich alle verfügbaren Kräfte. Dass zwei Halbtagsjobs in der Summe wohl deutlich mehr ergeben würden als einen ganzen, war dir vorher schon klar. Welche Auswirkungen deine neue Position auf das Verhalten deiner Kollegen haben würde, hattest du allerdings unterschätzt. Erstens: Die meisten gönnen sie dir nicht und halten dich für absolut ungeeignet. Zweitens: Das würden sie dir aber niemals ins Gesicht sagen. Drittens: Sie sagen es lieber hinter deinem Rücken und erfinden Gründe, wie du zu dieser ungerechtfertigten Ehre gekommen sein könntest. Zu den beliebtesten zählt der Klassiker: eine Affäre mit dem Chef.

Obwohl es dir eigentlich egal sein sollte, stört es dich. Früher konntest du das Getratsche nach einem halben Tag aus deinem Kopf streichen, jetzt bist du ihm jeden Tag acht bis zwölf Stunden ausgesetzt. Selbst Renates Lächeln wirkt neuerdings künstlicher als sonst. Worüber auch ihre gelegentlichen Schleimattacken nicht hinwegtäuschen können. »Sieh's locker«, hat dir Carsten am Anfang gesagt. »Du sitzt jetzt am längeren Hebel.« Er hat ja auch gut reden in seinem Alpha-Einzelbüro mit dem ergonomischen Alpha-Chefsessel, in dem er den ganzen lieben langen Tag die Eier schaukeln kann, ohne dass ihm jemand über die Schulter guckt. Aber wenigstens wirkt sich das neue Gehalt positiv aufs Selbstbewusstsein aus. Und noch einen Vorteil hat das Ganze: Du hast keine Zeit mehr, die Dinge infrage zu stellen.

Dann löst du dein Versprechen ein und fährst mit Laura

und Jonas zu Oma Margret. Das Kätzchen holen. Kratzbaum, Katzenklo, Fressnapf, Futter, Spielzeug, Transportbox und noch mal Spielzeug habt ihr schon vor Wochen gekauft. Eine Katze hat mehr Bedürfnisse als ein Hamster. Das kann ja noch heiter werden. Aber heute machst du dir keine Gedanken, sondern lässt dich von der Begeisterung deiner Kinder anstecken. Ist doch süß, so ein kleines Fellbündel. Und du musst dich ja tagsüber nicht mehr kümmern – Sarah und Elfriede werden das Kätzchen schon schaukeln. Du freust dich schon auf die SMS, die du deiner Schwiegermutter am Oma-und-Opa-Tag schicken wirst: »Bitte sei so lieb und kontrolliere die Katze auf Flöhe, wenn sie aus dem Garten kommt«, oder: »Hat Laura heute schon das Katzenklo sauber gemacht?« Du grinst schadenfroh.

Währenddessen werden auf dem Rücksitz heiße Diskussionen zur Namensgebung geführt. Jonas möchte sie »Schnuddel« nennen. So heißt die schnuddelige Maus in seinen Janosch-Büchern. Laura findet das total blöd und beharrt auf »Luzi«. Das sei der schönste Name überhaupt und so werde sie auch mal irgendwann ihre Tochter nennen. »Luzifer«, na prima, denkst du und freust dich schon auf deine Oma-Rolle. Hoffentlich dauert das noch ewig, bis es so weit ist.

Die verhärteten Namensfronten lösen sich schlagartig in Luft auf, als die Bäuerin mit der Katze auf dem Arm aus dem Stall kommt. Eingebettet zwischen fleischigen Unterarmen und einer beachtlichen Oberweite ist nur der winzige Kopf erkennbar. Und der trägt ein eindeutiges Markenzeichen: »Sternchen!«, ruft Laura lauthals. In der Tat: Der undefinierbare weiße Fleck über dem Katzennäschen sieht mit viel Fantasie tatsächlich aus wie ein kleiner Stern.

Jonas nickt begeistert und damit ist euer zukünftiges Familienmitglied auf den Namen »Sternchen« getauft. Willkommen bei den Heinrichs.

Während die Kinder das Kätzchen mit roten Wangen durch Haus und Garten tragen – »Sternchen muss alles kennenlernen!« –, hast du ein bisschen Ruhe, dich mit deiner Mutter zu unterhalten. Ihr steht in der Küche und der Kaffee gluckert durch den Filter. Dazu hat Mama ein paar Brote geschmiert. Wenn Peter nicht dabei ist, darf es auch mal etwas rustikaler sein. Du lässt dich auf einen Stuhl sinken und streckst die Beine von dir. Die vertrauten Geräusche entspannen dich und du plauderst ein wenig über den Job und die neuen Verantwortlichkeiten.

»Das freut mich für dich«, sagt deine Mutter. »Auch wenn es wahrscheinlich viel Stress bedeutet. Wie kommen die Kinder damit zurecht?«

»Eigentlich besser, als ich erwartet hätte. Mit Sarah verstehen sie sich gut. Sogar die Hausaufgaben werden jetzt pünktlich erledigt. Ich hoffe, dass das so bleibt. Wenn ich mich nach einem Zehnstundentag auch noch damit beschäftigen müsste … puh.«

»Unglücklich sehen sie jedenfalls nicht aus. Und mit dem Kätzchen ist die nächste Woche wohl erst mal gerettet.« Vertrauliches Augenzwinkern.

»Dein Wort in Gottes Ohr. Ich hoffe nur, dass das Tier nicht allzu sehr darunter leidet. Jonas hat schon angekündigt, dass er aus Sternchen eine Zirkuskatze machen wird.«

Deine Mutter lacht. Dann putzt sie mit dem Lappen über die Arbeitsfläche und schaut sinnierend aus dem Fenster.

»Ich weiß noch, wie es war, als du Mümmelchen bekommen hast.« Das kleine braune Kaninchen. »Ganz verschreckt hat es ausgesehen, als Georg es dir in den Arm gedrückt hat. Du dagegen hast über beide Ohren gestrahlt.« Muss das jetzt sein? Du ziehst die Augenbrauen zusammen. Deine Mutter bemerkt deinen Unmut. »Es tut mir leid, dass ich wieder von Georg anfange. Ich möchte mich ja nicht in deine Angelegenheiten mischen.« Und wieso tust du es dann?, fragst du dich. »Ich denke nur … ich habe das Gefühl, dass du diese Sache immer noch mit dir herumträgst.«

»Welche?«, fragst du unwirsch.

»Dass dein Patenonkel einfach verschwunden ist. Du wolltest schon damals nicht darüber reden. Aber vielleicht solltest du trotzdem ein paar Dinge wissen.« Du schweigst missmutig. »Georg hatte damals das Angebot seines Lebens. Als Musiker in Amerika zu arbeiten – das war eine ganz große Sache. Er musste sich schnell entscheiden, praktisch von heute auf morgen. Er wusste nicht, wie er es dir sagen sollte. Oder mir. Ich habe es ja auch erst erfahren, als er schon drüben war.«

Deine Mutter gießt dir Kaffee ein und fährt fort: »Glaub ja nicht, dass ihm der Abschied leichtgefallen ist. Du warst ja wie eine Tochter für ihn. Während dein Vater heimlich eine neue Familie gegründet hat, war er immer für dich da.« Ihre Miene verfinstert sich. Sie wird Heinz, deinem Vater, niemals verzeihen, wie er sie hintergangen hat. Dir ist Heinz gleichgültig. Er hat nie eine Rolle in deinem Leben gespielt.

»Heinz ist ein Arsch«, sagst du geradeaus, »aber er war wenigstens ehrlich. Hat nie einen Hehl daraus gemacht, dass er sich nicht für mich interessiert. Aber Georg …« War verlogen, willst du sagen. Lässt es aber lieber, als du den Gesichtsausdruck deiner Mutter siehst. Sie seufzt.

»Für Georg war es nicht leicht hier. Du weißt, dass er sich, na ja, zu Männern hingezogen gefühlt hat. Das mag in deiner Generation kein großes Problem mehr sein, in unserer war es das. In Amerika war damals vieles leichter.« Natürlich weißt du, dass dein Patenonkel schwul war. Auch wenn du dir damals noch nicht so viel darunter vorstellen konntest. Es war für dich vollkommen normal, dass manchmal andere Männer auf einen Kaffee vorbeikamen, wenn du bei Georg zu Besuch warst. Sie haben meistens Späßchen gemacht und Süßigkeiten mitgebracht.

»Er hätte sich wenigstens verabschieden können.«

»Er hat es nicht übers Herz gebracht.«

»Feigling.«

Deine Mutter mustert dich schweigend und sagt schließlich: »Georg hat sich immer nach dir erkundigt, wenn er mir geschrieben hat. Er hätte so gern miterlebt, wie du erwachsen wirst. Einmal, kurz nach deinem Abitur, hat er mir sogar Geld angeboten. Für dein Studium.«

»Du hast es doch wohl nicht angenommen.«

»Nein, natürlich nicht. Aber du weißt selbst, dass die Zeiten damals nicht gerade einfach waren.« Ja, daran erinnerst du dich. Deine Mutter, alleinerziehend. Das einzig Positive, das Heinz zurückgelassen hat, war das Haus.

»Wieso ist er zurück nach Deutschland gekommen?«

»Irgendwann, nach vielen Jahren, lief es nicht mehr gut. Seine Musik war wohl etwas aus der Zeit gefallen und er hatte keine Altersabsicherung. Du weißt ja, wie er war. Also ist er nach Berlin gezogen und hat sich irgendwie durchgeschlagen. Das war vor neun Jahren.« Im Ernst? Davon wusstest du gar nichts. Und wolltest nichts wissen.

»Hast du ihn besucht?«

»Wir haben telefoniert. Manchmal. Besucht habe ich ihn erst vor ein paar Wochen.« Erstaunt blickst du deine Mutter an. »Es steht nicht gut um ihn, Eva«, sagt sie leise.

Du schweigst und schaust aus dem Fenster. Irgendwie verstehst du deine Mutter. Wahrscheinlich hält sie dich für egoistisch. Aber wie sollst du ihr auch erklären, was die Trennung damals für dich bedeutet hat. Eine Trennung, die schlimmer war als die Scheidung deiner Eltern. Eine Trennung von Träumen und Talenten. Georg hat immer das Besondere in dir gesehen. »Du kannst alles schaffen, was du willst«, hat er gesagt. »Eva, kleine Eva.« Und dir über den Kopf gestreichelt. Dann hat er sich aus dem Staub gemacht. Und du hast es nicht einmal geschafft, herauszufinden, was du eigentlich willst. Verräter.

Kapitel 12

Du bist spät dran. Sternchen ist heute Morgen ausgebüxt, als Peter versehentlich die Terrassentür offen gelassen hat. Katzen müssen in einer neuen Umgebung zunächst im Haus bleiben, bevor sie nach ein paar Wochen rausdürfen. Sonst könnten sie weglaufen. Und genau das wäre beinahe passiert, wenn Laura nicht sofort Alarm geschlagen hätte. Gemeinsam habt ihr die halbe Nachbarschaft abgesucht, bevor ihr Sternchen in einem Blumenkübel neben der Terrassentür gefunden habt. Katzen lieben es, irgendwo hineinzukriechen.

Jedenfalls ist es spät, als du in der Firma ankommst, und du eilst die Flure entlang. Als Abteilungsleiterin musst du schließlich mit gutem Beispiel vorangehen. Erst ab den höheren Führungsebenen sind Verspätungen allgemein akzeptiert.

Kurz bevor du das Büro erreichst, fängt Carsten dich ab. Er sieht not amused aus. Doch wohl nicht wegen der läppischen halben Stunde?

»Komm mal bitte kurz, Eva«, sagt er und winkt dich in sein Büro. Du schließt die Tür hinter dir. »Wir haben ein kleines Problem.« Carsten lässt sich auf seinen Alpha-Sessel sinken. »Mit einem Mitarbeiter. Unser Systemadministrator war am Wochenende da, um die Computer wieder auf Zack zu bringen. Dabei hat er auf dem PC von Gunnar ein paar unangenehme Entdeckungen gemacht.«

»Ach, wirklich?« Das wundert dich nicht.

»Gunnar hat sich Pornos angeschaut und Sex-Chats besucht. Während der Arbeitszeit. Und zwar nicht nur einmal.«

»Kinderpornos?«, fragst du entsetzt.

»Nee, nee, harmloses Zeug. Also, der übliche Kram halt …« Ach so, der übliche Kram. Na, dann. Genauer willst du es auch gar nicht wissen.

»Von mir aus kann er natürlich machen, was er will, solange es legal ist. Aber während der Arbeitszeit im Gemeinschaftsbüro – das geht gar nicht!«

»Wie hat er das denn hingekriegt? Also, ich habe nichts bemerkt. Und die anderen mit Sicherheit auch nicht.«

»Tja, gute Frage. Aber noch dringender ist eine andere: Was machen wir jetzt?«

Hat er tatsächlich »wir« gesagt? Du fühlst dich geschmeichelt. »Hmm. Na ja, das ist natürlich ziemlich dreist. Und auch ganz schön respektlos uns gegenüber. Schließlich ist er der einzige Mann bei uns im Büro.«

»Genau das ist das Problem. Eigentlich müsste ich ihm kündigen. Andererseits ist er schon seit elf Jahren bei uns. Und macht einen ziemlich guten Job. Von den vielen Interna, die er kennt, ganz zu schweigen. Aus unternehmerischer Sicht wäre es schlecht, wenn er ginge.«

Du nickst verständnisvoll. »Hast du schon mit ihm gesprochen?«

»Ja, direkt heute Morgen. Es war ihm ziemlich peinlich und er hat sich entschuldigt. Trotzdem, so ungeschoren kann er nicht davonkommen.«

»Und jetzt?«

»Ich möchte, dass du mit ihm redest. Und mir nach dem Gespräch sagst, was du für ratsam hältst. Er soll merken, dass du jetzt auch ein Wörtchen mitzureden hast.« Mensch, Carsten. Wo ist denn der Chauvi hin, der hier vor ein paar Wochen noch saß?, fragst du dich. »Ich brauche eine Abteilungsleiterin, die respektiert wird. Mit allem anderen ist mir nicht geholfen«, fügt er hinzu. Ah, okay, jetzt verstehst du.

»Einverstanden, ich spreche mit ihm.«

Du willst gerade aufstehen, da fällt dein Blick auf ein Foto, das auf Carstens Schreibtisch liegt. Vielleicht erregt es deshalb deine Aufmerksamkeit, weil dort noch nie ein Foto war. Du erkennst eine schlanke Frau im Profil, die offenbar in Gedanken versunken in einem Buch liest. Eine Strähne ihrer dunkelbraunen Haare ist ihr ins Gesicht gefallen. Sehr sinnlich. »Ist das deine neue Freundin?«, fragst du, ohne nachzudenken. Eva, sei nicht so neugierig! Carstens Gesichtsausdruck wird augenblicklich warm und weich.

»Ja, das ist Anna. Zauberhaft, nicht wahr?« Zauberhaft? Aus Carstens Mund klingt das fast schon poetisch. »Sie ist Schriftstellerin«, sagt er lächelnd.

»Ach, tatsächlich?« Keine sechsundzwanzigjährige Flugbegleiterin, wie die letzte Partnerin?, feixt es in dir. »Ist sie bekannt?«

»Sie ist dabei, bekannt zu werden. Hat gerade ihr zweites Buch veröffentlicht. Hier« – er bückt sich und holt ein Buch aus der Schublade –, »kannst du lesen. Es wird dir gefallen.« Er lächelt schon wieder.

»Oh, danke.« Du bist perplex.

Es hat ihn tatsächlich erwischt. Etwas verlegen nimmst

du das schmale gebundene Buch entgegen und willst gerade die Tür öffnen, als er fragt: »Was meinst du: Worüber freut sich eine Frau besonders?«

»Na, über einen Heiratsantrag, worüber denn sonst?«, entfährt es dir spontan. Als du Carstens Gesichtsausdruck siehst, musst du lachen. »Carsten, das war ein Scherz! Schenk ihr etwas Persönliches, das ist immer gut. Dir wird schon was einfallen.« Du zwinkerst ihm zu und gehst.

Auf dem Flur musst du grinsen. Eigentlich ist die neue Vertrautheit mit deinem Chef ganz okay. Du wirfst einen Blick auf das Buch in deiner Hand. »Nächster Halt: Leben« steht auf dem Titel. Na ja. Von Annabella Marini. Das klingt italienisch. Oder ein Künstlername? Du siehst Renate auf dich zukommen und lässt das Buch schnell in deiner Tasche verschwinden.

In der Mittagspause knöpfst du dir Gunnar vor. Der beste Zeitpunkt, um zu vermeiden, dass die anderen aus der Abteilung etwas mitbekommen. Ihr geht in den Konferenzraum und du schließt die Tür hinter dir. Gunnar lässt sich auf einen der Stühle sinken und du setzt dich ihm gegenüber. Sein Gesichtsausdruck spricht Bände. Von Reue ist da nicht viel zu sehen. Das stachelt dich an. »Also, Gunnar, wir müssen nicht lange drum herumreden – du weißt, warum wir hier sitzen.« Er presst die Lippen aufeinander wie ein trotziger Junge. »Willst du mir etwas dazu sagen?«

Eine Weile starrt er auf die Tischplatte, dann schaut er dich an. »Was soll das hier werden, Eva? Ein Verhör? Du weißt doch eh schon alles.«

So. Jetzt wird es interessant, denkst du. »Der Chef hat mich darum gebeten, mit dir zu reden. Immerhin bin ich eine der Kolleginnen, die mit dir im Büro gesessen hat, während du dir Sex-Videos angeschaut hast. Das ist absolut inakzeptabel.«

»Sex-Videos! Sag doch einfach ›Pornos‹. Meine Güte, das macht doch jeder. Ich war nur so blöd und hab mich dabei erwischen lassen. Was soll das denn mit euch zu tun haben?«

»Ich schaue keine Pornos im Büro. Und dann auch noch während der Arbeitszeit.« Gunnar liegt offenbar etwas auf der Zunge, aber er reißt sich zusammen.

Du spielst mit dem Kugelschreiber in deiner Hand. »Ich denke, dir ist klar, dass das ein Kündigungsgrund ist. Der Chef …«

»Der Chef!«, platzt es aus Gunnar heraus. »Wieso sagst du eigentlich immer ›der Chef‹? Jeder weiß hier, dass du ihn duzt. Und das nicht erst seit gestern. Tu doch nicht so scheinheilig.«

»Und was möchtest du mir damit sagen?« Je mehr sich Gunnar aufregt, desto ruhiger wirst du. Eigentlich doch ganz unterhaltsam.

»Was ich damit sagen will?« Dein Kollege hat sich nicht mehr unter Kontrolle. »Ich will damit sagen, dass mir das Ganze hier gehörig auf die Eier geht, Frau Abteilungsleiterin. Unsereins reißt sich seit Jahren den Arsch für die Firma auf – und wer wird befördert? Die Halbtagsmutti mit dem sexy Dekolleté.«

Daher weht also der Wind. Du hättest allen Grund, ihn auf der Stelle rauszuschmeißen. Stattdessen musst du ein Grinsen unterdrücken. Du fängst an, die Situation zu genießen. »Siehst du, genau das ist der Grund, warum du nicht befördert wurdest.« Gunnar presst wieder die Lippen aufeinander. »Also, hör zu, Gunnar. Ich bin jetzt deine Vorgesetzte, ob es dir passt oder nicht. Und wenn du vorhast, mir in den Rücken zu fallen, bist du schneller weg, als du bis drei zählen kannst. Haben wir uns verstanden?« Gunnar schweigt. »Außerdem erwarte ich noch etwas von dir.«

»Dass ich vor dir auf Knien rutsche?«

»Wenn dir danach ist, bitte schön ... Ich möchte, dass du einen hübschen Strauß Blumen kaufst, zu Anastasia fährst und dich in aller Form bei ihr entschuldigst.«

Irritiert blickt Gunnar auf. »Wie bitte? Wieso das denn?«

»Das steht wohl außer Frage.«

»Die lässt mich doch niemals rein.«

»Dann musst du dir eben Mühe geben.«

»Sag mal ...« Der Satz bleibt unbeendet. Stattdessen lässt er sich nach hinten sacken und seufzt. Die Luft ist raus. »Na, schön. Und als Beweis möchtest du wissen, wie ihre Wohnungseinrichtung aussieht?«

»Guter Vorschlag.« Gunnar starrt schweigend vor sich hin. Er sieht müde aus. Trotzdem hast du das Bedürfnis, noch einen draufzusetzen: »Du bist einer unserer besten Mitarbeiter, Gunnar. Es wäre schade, dich zu verlieren.«

»Kann ich jetzt gehen?«

»Bitte schön.«

Beim Rausgehen dreht sich dein Kollege noch einmal um: »Und, fühlst du dich jetzt besser, Eva?«

Ja, irgendwie schon.

Als du abends nach Hause kommst, bist du immer noch aufgekratzt. Peter ist beim Tennis, aber das stört dich nicht. Du machst Abendessen und scherzt mit deinen Kindern. Es ist seltsam, aber seitdem du für Laura und Jonas nicht mehr ständig verfügbar bist, ist das Verhältnis entspannter. Zumindest zu Laura. Was Jonas denkt, kannst du nicht so richtig einschätzen. Aber das konnte noch nie jemand. Wenigstens weint er nicht mehr, wenn du morgens aus dem Haus musst, bevor er zur Schule fährt.

Nun, da alle satt und die Kinder auf ihren Zimmern verschwunden sind, gehst du in dein Arbeitszimmer. Ja, du hast jetzt tatsächlich eines. Nachdem du bei Carsten erfolgreich durchsetzen konntest, freitags Homeoffice zu machen, wurde Peters Hobbyraum umfunktioniert. Er braucht ihn schließlich nicht wirklich.

Du schließt die Tür hinter dir und setzt dich an den Schreibtisch. Eigentlich wolltest du noch eine Präsentation überarbeiten, aber irgendwie driften die Gedanken immer wieder ab. Du surfst ein wenig im Internet, klickst hier und da und findest dich plötzlich auf einer Pornoseite wieder. Wie konnte das denn passieren? Erschrocken blickst du dich um. Als ob dich jemand beobachten könnte. »Ab 18« steht auf einem Button. Na, das ist ja mal eine gelungene Kindersicherung! Du klickst ihn an und erschrickst zum zweiten Mal.

Natürlich hast du in deinem Leben schon den einen oder anderen Porno gesehen. Gewollt oder unbeabsichtigt. Ein paar Mal auch mit Peter zusammen. Aber das ist Jahre her. Damals musste man sich noch in die hintersten Ecken schummeriger Videotheken bemühen, um die gelegentlichen Gelüste zu befriedigen. Du erinnerst dich mit Unbehagen an eine verstaubte Videokassette, die nach Monaten hinter deiner Kommode aufgetaucht ist. Die Rückgabe war nicht nur teuer, sondern auch peinlich. Die heutige Generation würde sich totlachen.

Mensch, Eva, lebst du so hinterm Mond? Du starrst den Laptop an. Ein Potpourri aus Geschlechtsorganen zappelt über den Bildschirm. Unanständig, würde deine Mutter sagen. Obwohl du jetzt wirklich nicht an deine Mutter denken möchtest. Die Flut sexueller Reize überfordert dich maßlos. Dann beginnst du zaghaft zu scrollen, huschst durch das Menü und klickst schließlich auf gut Glück ein Video an. Ein Stöhnen hallt durch dein Büro. Erschrocken drehst du die Lautstärke runter. Und lauschst kurz. Haben die Kinder etwas mitbekommen? Macht nicht den Anschein.

Dann verfolgst du mit schwindender Abscheu und wachsender Neugierde die »Handlung«. Sie ist platt, grandios geschmacklos und fast schon ein bisschen lächerlich. Und doch: Du kannst dich nicht losreißen. Gebannt starrst du auf die schwitzenden und stöhnenden nackten Leiber, die sich in den unmöglichsten Stellungen übereinander hermachen. Das hat eher Ähnlichkeiten mit rhythmischer Sportgymnastik als mit der erotischen Vereinigung zweier Menschen. Und doch …

Es klopft. Ach, herrje. Du klappst den Bildschirm zu. Nein: Du knallst ihn förmlich auf die Tastatur. Hoffentlich ist nichts kaputt. Peter steht im Türrahmen. »Kann ich reinkommen oder störe ich dich bei irgendwas?«

»Nein, komm doch rein, Schatz.« Deine Stimme ist eine Oktave zu hoch.

»Alles okay?« Du fühlst dich ertappt. Peter grinst. »Hattest du vor, etwas Verbotenes zu tun?« Du betrachtest deinen Mann. Er hat eine Sportjacke an und riecht leicht verschwitzt. Er duscht sich nicht gern im Tennisklub, das macht er lieber zu Hause. Manchmal stört dich das, heute nicht.

»Vielleicht. Komm doch mal her.« Du schiebst den Laptop beiseite.

Kapitel 13

Das geht jetzt fast jeden Abend so. Wann immer du Zeit hast, verschwindest du in dein Büro und schaust dir Sex-Videos an. Immer unter dem Vorwand, noch arbeiten zu müssen. Auf den Seiten, die du besuchst, wird so ziemlich jeder Fetisch bedient, den man sich vorstellen kann. Oder auch nicht. Und trotzdem erkennst du bald ein Muster: Fast immer geht es um Dominanz. Männliche Dominanz. Du kannst nachvollziehen, warum sich viele Frauen durch Pornos degradiert und benutzt fühlen. Ein Horror, die Vorstellung, dass deine Kinder auf solchen Seiten landen könnten.

Und dennoch kannst du dich nicht losreißen. Gebannt und erregt klickst du dich durch die Videos, die Dinge zeigen, die du im echten Leben niemals praktizieren würdest. Ein Kick jagt den nächsten. Dir wird schwindelig, wenn du die Klickraten siehst. »Der übliche Kram halt«, spukt dir Carstens Bemerkung durch den Kopf. Und Gunnars Rechtfertigung: »Das macht doch jeder.« Hat ganz den Anschein. Sind wirklich alle so scheinheilig?

Irgendwann langweilen dich die immer wiederkehrenden Muster dann doch. Du gibst »Erotik-Chat« in die Suchmaske ein. Und wieder wirst du förmlich erschlagen mit Angeboten. Du klickst den erstbesten Link an und landest auf einem grell und anzüglich gestalteten Portal. Autsch,

Augenkrebs. Hier musst du dein Geschlecht angeben und ein Pseudonym. Du bist kurz versucht, »männlich« und »Peter« anzugeben, entscheidest dich schließlich aber doch für »weiblich« und »Sophie«. Sophie ist dein zweiter Vorname. Ein Klick und schon bist du im Chatroom.

Mr Devil: hallo Sophie

DomTom: neu hier?

Siliconlover: hi

Mr Devil: wie geht's?

Quickie69: Lust auf 'ne Nummer?

FranzSchwanz: mit mir?

Quickie69: kotz

Pamela: ich hab Lust

FranzSchwanz: geil!

Quickie69: verpiss dich

Luderficker: suche dicke Titten

Schnurrr: hey quickie

Quickie69: hey schnurrrrrr, kratz mich beiß mich

Chef: hallo muschis

SweetAngel: huhu

Chef: lutsch mein schwanz

Sexgeil: ist schwellkörper ein muskel?

Mr Devil: Sophie?

Oh, mein Gott. Es hätte kaum schlimmer kommen können. Ein primitiver Kommentar reiht sich an den nächsten und du kommst kaum hinterher, die »Konversation« zu verfolgen. Erst nach und nach durchschaust du das System. Links und mittig ist der ständig durchlaufende Chat, rechts sind die Besucher aufgelistet. Ihre Nicknames spiegeln ziemlich adäquat das Niveau der Unterhaltung wider. Außerdem gibt es ein paar Spezialräume mit Exklusivzugang für registrierte User. Du bist froh, dass du da nicht reinkommst.

Huch! Mr Devil hat dich zu einem »Private Chat« eingeladen. Zaghaft klickst du auf »okay«. Jetzt befindest du dich in einem Raum, zu dem andere keinen Zutritt haben. Das kann ja heiter werden.

Mr Devil: hallo

Sophie: hallo

Mr Devil: schön, dass wir endlich allein sind

Na, wenn du meinst, sagst du dir.

Mr Devil: beschreib dich doch mal kurz

Jetzt wird's lustig.

Sophie: 26, 1,67, schlank, lange blonde haare

Mr Devil: hört sich sexy an

Sophie: und du?

Mr Devil: 29, 1,86, braune kurze haare, athletisch, muskulös

Aber sicher. Du hast nichts anderes erwartet.

Sophie: was hast du mit mir vor?

Mr Devil: lust auf cs?

CS? Du traust dich nicht, nachzufragen. Später findest du heraus, dass CS für Cybersex steht.

Sophie: klar

Mr Devil: was hast du an?

Eine Pyjamahose, einen Schlabberpulli und Hausschuhe mit Fußbett.

Sophie: schwarze dessous

Mr Devil: geil, darauf stehe ich. Wo bist du gerade?

Sophie: auf der Couch im wohnzimmer, allein

Mr Devil: okay, ich komme jetzt rein. Ich trage eine blaue jeans und ein muskelshirt

Sophie: geil, darauf stehe ich

Mr Devil: ich bleibe vor dir stehen. mein hosenstall ist direkt vor deinem Gesicht

Okay, jetzt wird's eklig, denkst du.

Mr Devil: dann bücke ich mich nach unten

Hä?

Mr Devil: und ziehe dir die socken aus

Socken, welche Socken?

Mr Devil: und jetzt lecke ich dir die füße

Was? Du fällst fast hintenüber vor Lachen.

Mr Devil: jeden zeh einzeln und auch die zwischenräume

Herrje, du bist an einen Fußfetischisten geraten.

Du amüsierst dich köstlich. Nach dem Fußliebhaber hast du mit Darth Vader ein Rendezvous auf dem Todesstern und führst mit 666 ein tiefgreifendes Gespräch über die erogenen Zonen der Frau. Und wenn du keine Lust mehr hast, beendest du den Chat einfach. Klick und weg. Das fühlt sich gut an.

Es ist spät und du bist kurz davor, die Seite zu schließen, als dich Man_Muc zu einem Chat einlädt. Na schön. Das ist aber wirklich der Letzte für heute.

Man_Muc: hi

Sophie: hi

Man_Muc: woher kommst du?

Du zögerst kurz.

Sophie: aus münchen

Man_Muc: trifft sich gut, ich auch ☺

Sophie: ok

Man_Muc: wie alt bist du du?

Du beschließt, ehrlich zu sein. Ist doch sowieso egal.

Sophie: 42. Und du?

Man_Muc: 24

Alles klar. Vielleicht kannst du jetzt doch schlafen gehen.

Sophie: dann bin ich wohl zu alt für dich

Man_Muc: wieso? Ich stehe auf ältere

Na, super, denkst du. Sagen Sie es ruhig noch peinlicher.

Man_Muc: aber lieber live

Sophie: was meinst du damit?

Man_Muc: real, ein richtiges treffen

Sophie: du kennst mich doch überhaupt nicht

Man_Muc: das ist ja der reiz an der sache

Sophie: und wenn ich hässlich bin?

Man_Muc: das glaube ich nicht. Bisher habe ich fast immer gute erfahrungen mit blind dates gemacht

Ach, tatsächlich? Du zweifelst.

Sophie: vielleicht stehe ich aber nicht auf jüngere

Man_Muc: oh, auf mich bestimmt

Eingebildetes Bürschlein, denkst du.

Sophie: lass mich raten: du bist groß, schlank, muskulös und siehst umwerfend aus

Man_Muc: woher weißt du das? ☺

Sophie: wie würdest du dir das denn vorstellen?

Man_Muc: ganz einfach, wir treffen uns irgendwo in der stadt und wenn es passt, gehen wir in ein hotel

Sophie: aha

Man_Muc: du musst nichts von mir wissen und ich nichts von dir

Sophie: also ein one night stand?

Man_Muc: wenn du so willst. Kann aber auch am tag spaß machen ☺

Kann er mal mit diesen blöden Smileys aufhören? Sie nerven dich allmählich.

Man_Muc: hast du am wochenende zeit?

Jetzt solltest du den Chat eigentlich beenden. Sofort. Aber irgendetwas hält dich davon ab.

Sophie: samstagnachmittag könnte ich einrichten.

Da sind die Kinder bei den Großeltern und Peter hat irgendeinen Termin.

Man_Muc: check! Wie wär's mit dem englischen garten, ecke universität?

Sophie: warum nicht?

Man_Muc: da in der nähe kenne ich ein nettes hotel ☺ wenn wir lust haben

Ein Stundenhotel oder was? Dir wird ganz anders.

Man_Muc: 15 Uhr?

Du zögerst kurz.

Sophie: ok

Man_Muc: super. Ich trage einen Motorradhelm bei mir. Woran erkenne ich dich?

Äh … Du überlegst.

Sophie: ich trage einen schwarzen mantel und einen cognacfarbenen schal

Man_Muc: wie groß bist du?

Sophie: mittel

Man_Muc: wir werden uns schon erkennen. Dann bis Samstag um drei. Freu mich ☺

Sophie: ich mich auch

Bist du jetzt völlig übergeschnappt, Eva? Eine Weile starrst du noch auf den Bildschirm. Dann schließt du den Laptop, schaltest die Schreibtischlampe aus und verlässt das Büro. Eigentlich ist es egal. Du musst ja nicht hingehen. Warum solltest du auch?

Kapitel 14

Um kurz vor drei stehst du Samstag am Englischen Garten, Ecke Universität. Du trägst deinen schwarzen Mantel und einen cognacfarbenen Schal. Obwohl es kalt ist, hast du keine Mütze aufgesetzt. Die lässt dich unvorteilhaft aussehen. Du bist nervös. Und ärgerst dich zugleich darüber. Wegen dieses Bürschleins! Wahrscheinlich kommt er noch nicht einmal. Oder steht mit seinen Freunden irgendwo in der Nähe und lacht sich gerade halb tot über dich.

»Hi!« Du drehst dich um. Hinter dir steht ein schlanker junger Mann mit blonden kurzen Haaren und einem Motorradhelm in der Hand. Höchstens fünfundzwanzig. Und grinst. Mein Gott, der könnte dein Sohn sein! Biologisch wie optisch. Am besten, du ignorierst ihn und gehst einfach weiter.

Aber in dem Moment hast du schon »Hallo« gesagt.

»Ich bin Robin.« Der Rächer der Enterbten.

»Sophie.« Du gibst ihm die Hand. Jetzt ist es zu spät. Er mustert dich.

»Hab ich's doch gewusst.«

»Was?«

»Dass sich das lohnen würde. Du siehst gut aus.« Oh, danke. »Und?«

»Was und?«

»Entspreche ich auch deinen Vorstellungen?« Meinen Vorstellungen? Vor zwanzig Jahren vielleicht, denkst du.

»Ja, passt … gut … Fährst du Motorrad?«

»Ich hab 'ne Maschine. Nach dem Studium hole ich mir allerdings was Größeres.«

Nach dem Studium. Na, herzlichen Glückwunsch, Eva!

»Was studierst du denn?«

»BWL.« Auch das noch. »Und du?«

»Ich studiere nicht mehr.«

»Ach nee.« Robin grinst.

»Ich bin Sachbearbeiterin.« Was Besseres fällt dir spontan nicht ein.

»In welchem Bereich?«

»Sag ich lieber nicht.«

»Kein Problem … Wollen wir ein bisschen spazieren gehen?«

»Na gut.«

Ihr schlendert durch den Englischen Garten. Anfangs blickst du heimlich nach links und rechts. Ob euch jemand beobachtet? Aber niemand nimmt Notiz und du siehst auch keine bekannten Gesichter. Wäre ja auch mehr als unwahrscheinlich. Nach und nach entspannst du dich. Eigentlich ist es ganz unterhaltsam mit Robin. Er scheint zumindest nicht dumm zu sein und seine Witze sind ganz passabel. Bei den vielen Uni-Anekdoten vergisst du irgendwann, dass du eigentlich längst aus dem Alter raus bist. Robin redet gern, vor allem über sich selbst. Aber das ist dir nur recht, dann musst du nichts über dich preisgeben.

Ihr dreht eine große Runde am Monopteros, dem Biergarten und dem Seehaus vorbei. Als es zu dämmern beginnt, seid ihr wieder am Ausgangspunkt zurück.

»Und jetzt?«, fragt Robin. Und grinst wieder. Passend zu den Smileys.

»Keine Ahnung.«

»Na ja, es gibt zwei Optionen: Entweder, wir wünschen uns jetzt ein schönes Leben und unsere Wege trennen sich hier, oder … oder wir beide gehen noch in ein nettes kleines Hotel hier in der Nähe. Deine Entscheidung.«

Meine Entscheidung. Natürlich die erste Option. Was denkt der sich denn?

»Wir können ja den Zufall entscheiden lassen.«

»Hä?«

»Wirf eine Münze.«

»Ahh! Mensch, Sophie, du wirst ja immer interessanter.« Er zwinkert dir zu. Bürschlein. Dann holt er tatsächlich ein Eurostück aus der Tasche.

»Kopf oder Zahl?«

»Kopf.«

»Okay, das heißt, bei Kopf gehen wir ins Hotel?« Du nickst. Und hast plötzlich Herzklopfen. »Abgemacht.« Du bist dir sicher, dass es Zahl wird. Alles andere wäre undenkbar. »Kopf!«

»Was?«

»Kopf.« Robin grinst. Breiter denn je. »Das Schicksal hat entschieden.«

Das Schicksal, so ein Schwachsinn. Du kannst die Sache jederzeit beenden. Und zwar am besten jetzt. Zeigst ihm einfach einen Vogel und gehst.

»Wo ist das Hotel?«

»Komm mit.«

Du weißt nicht, warum du es tust, aber du tust es. Gehst mit ihm ins Hotel. Ziehst dich aus. Lässt dich von ihm anfassen, lecken und vögeln. In den unmöglichsten Stellungen. Er kommt zweimal, du keinmal. Nach zwei Stunden gehst du. Er küsst dich zum Abschied. Und grinst.

Du steigst in dein Auto. Gibst Gas. Raus aus der Stadt, auf die Landstraße. Schneller, immer schneller. Du überholst. Ein Auto nach dem anderen. Da vorn den Lkw. Den schaffst du noch. Du drückst das Pedal durch. Da plötzlich: Scheinwerfer. Direkt vor dir. Du reißt das Lenkrad nach rechts. Gerade noch geschafft. Der Lkw hinter dir hupt wie verrückt. Ist dir egal. Du gibst weiter Gas. Die Landstraße ist jetzt fast leer. Vor dir: eine scharfe Linkskurve. Scheiße! Du bremst. Der Wagen schlittert. Oh nein!

Kurz vor einer großen Eiche kommt das Auto quietschend zum Stillstand. Langsam öffnest du die Augen. Es stinkt nach verbranntem Gummi. Du willst die Hände vom Lenkrad lösen, aber sie zittern zu stark. Irgendwann wird die Fahrertür aufgerissen. Eine Stimme an deinem Ohr: »Geht es Ihnen gut? Sind Sie verletzt?« Langsam drehst du den Kopf. Das muss der Lkw-Fahrer sein. Du hast gar nicht bemerkt, wie er hinter dir gehalten hat.

»Ich glaube … ich glaube, mir geht's gut«, sagst du mit schwacher Stimme.

»Mein Gott!« Er hat einen osteuropäischen Akzent. »Sie sind ja verrückt! Warum fahren Sie so?«

»Ich weiß nicht … tut mir leid.«

»Brauchen Sie Hilfe?«

»Nein … danke. Geht schon.«

»Sind Sie sich sicher? Sie sollten besser nicht weiterfahren.«

»Doch … ich kann fahren. Ich fahre jetzt weiter. Entschuldigung.«

Du schließt die Tür, drehst den Zündschlüssel herum und trittst die Kupplung. Tatsächlich, der Wagen setzt sich in Bewegung. Es scheint alles intakt zu sein. Der Lkw-Fahrer schaut dir entgeistert hinterher und schimpft. Aber das hörst du nicht mehr. Du fährst jetzt ganz ruhig, fast in Trance. Alles ist irgendwie unecht. Wie in Watte gehüllt. Die Geräusche, die Lichter, das Lenkrad in deinen Händen.

Du hast das nicht getan. Du bist gar nicht wirklich da.

Zu Hause ist alles dunkel. Zum Glück ist noch niemand zurück. Sollten die Kinder heute nicht bei Oma und Opa übernachten? Du kannst dich nicht mehr erinnern. Eine Katze miaut, als du den Flur betrittst. Mit großen vorwurfsvollen Augen starrt sie dich an. Oje, du hast Sternchen vergessen. Du streichelst ihr über das Fell, ziehst deinen Mantel aus und gehst in die Küche. Ein halbe Dose Katzenfutter für Sternchen, einen halben Teller Auflauf für dich. Von gestern. Obwohl du gar keinen Hunger hast.

Dann lässt du dir ein Bad ein. Schließlich riecht alles an dir nach einem vierundzwanzigjährigen Studenten. Deine Klamotten schmeißt du in die Wäsche. Und die schwarzen Dessous in den Müll. Die willst du nicht mehr tragen. Dann lässt du dich langsam in das heiße Wasser gleiten. Das tut gut. Die Wärme durchflutet deinen Körper. Er wird ganz leicht und du spürst ihn kaum. Dann schließt du die Augen. Vielleicht ist das ja der Sinn: einfach nur zu sein.

Irgendwann klappern die Türen und du hörst Schritte und Stimmen im Haus. Peter ist da. Mit den Kindern. Sie übernachten also doch nicht bei Oma und Opa. »Schatz?« Das ist Peter.

»Ja«, antwortest du schläfrig. »Ich bin im Bad.« Du hörst,

wie er die Treppe heraufkommt und vorsichtig die Tür öffnet.

»Alles okay bei dir?« Er sieht nachdenklich aus, fast besorgt.

»Ja, ja.«

»Du weißt schon, dass du eigentlich die Kinder abholen solltest? Wir hatten es so ausgemacht.« Oje, jetzt fällt es dir wieder ein.

»Tut mir leid. Hab ich ganz vergessen. Ich war … spazieren und hab die Zeit … ich war wohl irgendwie in Gedanken.«

»Elfriede hat ein paarmal versucht, dich anzurufen. Aber du bist nicht ans Handy gegangen.« Das Handy! Wann hast du da eigentlich das letzte Mal draufgeschaut?

»Oh, Mensch, das tut mir wirklich leid. Ich hab's im Haus liegen lassen. Und hinterher nicht mehr dran gedacht. Wie konnte ich das nur vergessen!«

Peter setzt sich auf den Wannenrand und mustert dich. »Du hast ziemlich viel um die Ohren momentan, oder?«

»Ja, das kann man wohl sagen.« Du atmest auf. Er scheint nichts bemerkt zu haben.

»Wenn es zu viel wird, musst du mir das sagen, okay?«

»Ja, natürlich. Es geht schon, danke. Die Woche war ein bisschen stressig. Wahrscheinlich immer noch die Eingewöhnungsphase.«

»Das wird sich alles noch einspielen mit dem Job und der Familie.«

»Bestimmt.«

»Dann entspann dich jetzt noch ein bisschen.« Du lächelst ihn dankbar an. Er gibt dir einen Kuss auf die Stirn und verlässt das Bad.

Nachts kannst du nicht schlafen. Obwohl alles an dir müde ist. Der Körper ist erschöpft, aber der Kopf kommt nicht zur Ruhe. Um 1.43 Uhr stehst du wieder auf. Ganz leise, damit Peter nicht wach wird. Du läufst vom Schlafzimmer ins Bad, vom Bad in die Küche und von der Küche in dein Arbeitszimmer. Dort klappst du den Laptop auf und wieder zu, durchwühlst deine Unterlagen und lässt dich schließlich auf den Stuhl sinken. Du vergräbst das Gesicht in den Händen und möchtest weinen. Aber du kannst nicht weinen. Die Tränen dringen nicht an die Oberfläche.

Irgendwann lehnst du dich zurück und lässt deinen Blick kraftlos über den Schreibtisch schweifen. Da entdeckst du plötzlich einen schmalen grauen Buchrücken. Zwischen den Unterlagen. Das Buch! Das hast du ganz vergessen. Langsam ziehst du es hervor und nimmst es in die Hand. »Nächster Halt: Leben«. Kitschiger Titel. Du schlägst es auf und fängst ganz automatisch an zu lesen.

Kapitel 15

Ich betrachte sie. Jetzt schon seit einer halben Stunde. Unauffällig, denn sie scheint jedes Seitenschielen wahrzunehmen. Scheinbar unbeteiligt sitzt sie neben mir und lässt den Blick willkürlich über die Gesichter der anderen Fahrgäste streichen. Ab und zu fokussiert sie ein Detail, bleibt an einer Geste hängen oder folgt dem bruchstückhaften Telefonat des Mannes gegenüber. Typ faltenfreies Businesshemd. »Das lässt sich einrichten … wie bitte? … Aber der Controller hat doch … Die Verbindung ist gerade schlecht …« Langweilig.

Nach welchen Kriterien sie wohl ihre Aufmerksamkeit verschenkt. Attraktivität? Originalität? Trifft beides nicht zu. Vielleicht ist es die aus der reizarmen Schläfrigkeit geborene Lethargie, die sich an die Lippen ihres Gegenübers hängt. Da, sie hat mich schon wieder ertappt. Erwidert sogar den Anflug meines Lächelns. Aber ich kann ja auch so tun, als ob ich aus dem Fenster schauen würde. Haarscharf an ihr vorbei. Ich sehe Landschaften in der Abenddämmerung. Bäume, Wiesen, Häuser, einen Hund. Und immer wieder ihre Konturen.

Warum ist Zugfahren eigentlich so langweilig? Was macht es für einen Unterschied, ob ich zu Hause auf dem Sofa sitze und ein Buch lese oder hier? Zu Hause ist es »Zeit für mich«, hier ist es »Zeit rumkriegen«. Vielleicht ist es das Warten. In Erwartung des Ziels wird die Zeit spürbar. Ohne Ziel keine Erwar-

tung, kein Zeitempfinden. Und keine Langeweile. Stimmt das? Zugfahren macht mich ganz dösig.

Was wohl auf sie wartet? Beim faltenfreien Businesshemd steht das außer Frage. Sein Erscheinungsbild determiniert seine Erwartung: irgendwann nicht mehr zweite Klasse. Punkt. Scheitert das Ziel, scheitert das Leben. Aus ihr werde ich nicht so recht schlau. Alt ist sie nicht, aber auch nicht jung. Vielleicht Mitte, Ende dreißig. Eventuell gehobener Bildungsabschluss. Aussehen? Passabel. Vielleicht ist sie hübsch, wenn sie lacht. Stil? Hmm. Wohl eher durchschnittlich. Eigentlich nichts, was Anlass für meine Neugier geben würde. Oder gerade das? Wer nichts ist, kann alles sein. Wer bist du?

Du verschlingst die Geschichte in einem Stück. Oder ist es die Geschichte, die dich verschlingt? Erst nachdem du die letzten Sätze gelesen hast, hebst du den Kopf. Und stellst fest, dass es draußen schon hell wird. Das Buch ist besser als sein Titel. Viel besser.

Es handelt von einer Frau Ende dreißig. Sie sitzt im Zug von München nach Düsseldorf und beobachtet heimlich ihre Sitznachbarin. Diese muss ein sehr interessantes Leben führen. Vor jedem größeren Bahnhof fragt sie sich: Wird sie hier aussteigen? Wer wird auf sie warten? Was hat sie vor? Sie malt sich Biografien zu der Frau aus. Spannende Biografien. Vielleicht ist sie eine Wissenschaftlerin, die in Nürnberg eine Präsentation zu einer revolutionären Forschung halten wird. Vielleicht auch eine noch unbekannte Autorin, die auf der Frankfurter Buchmesse ihre erste große Lesung hat. Und danach einen Bestseller nach dem anderen landen wird. Oder sie führt ein verruchtes Doppelleben. In Mainz erwartet sie ihr junger Liebhaber, der ganz nebenbei ein großartiger Künstler ist. Aber die Frau steigt nicht aus. Nicht in Nürnberg, nicht in Frankfurt, nicht in Mainz und auch nicht an den Stationen dazwischen. Sie bleibt neben ihr sitzen, bis sie in den Düsseldorfer Hauptbahnhof einfahren. Endstation. Erst hier erhebt sie sich. Zeitgleich mit ihr selbst. Denn die Frau, die sie sechs Stunden beobachtet hat, ist ihr eigenes Spiegelbild. Die Reflexion im Zugfenster. Als sie aussteigt, wartet niemand auf sie.

Du schaust in die Morgendämmerung. Deine Augen sind übermüdet und gereizt, aber du registrierst jedes kleine Detail. Das Vogelhaus, das Peter mit den Kindern aufgestellt hat. Den Apfelbaum, den ihr dieses Jahr nicht geschnitten habt. Den Meisenknödel, der einsam an einem der kahlen Zweige baumelt. Und, ja, den Schnee, der sanft und leise vom Himmel schwebt. Er hüllt die Welt in ein feines, pudriges Weiß und ein gedämpftes Schweigen. Ein friedliches Schweigen.

Traurig war das Ende, als sie aus dem Zug in ihr eigenes eintöniges Leben gestiegen ist. Wer hätte sie nicht alles sein können? Was hätte sie nicht alles aus sich machen können? Du betrachtest das Foto auf dem hinteren Buchdeckel. Annabella Marini. Dem Geburtsdatum nach achtunddreißig Jahre alt. Aufgewachsen in Düsseldorf. Schmales Gesicht, dunkle Augen, lange braune Haare. Der sinnliche Zug um ihren Mund. Ist das ein Lächeln? Du würdest sie gern fragen. Warum ihre Geschichte so enden muss. In der Tristesse der Normalität.

»Schatz?« Peter steht hinter dir. Im Bademantel. Du hast gar nicht gehört, wie er hereingekommen ist. »Alles okay bei dir? Sitzt du schon länger hier?« Er sieht verschlafen aus. Und besorgt.

»Ich konnte nicht schlafen. Du weißt ja, das habe ich manchmal.«

»Warum hast du mich denn nicht geweckt?«

»Damit du auch nicht schlafen kannst?«

Er nimmt dich in den Arm. »Ich möchte, dass es dir gut geht, hörst du?« Dann bemerkt er das Buch in deiner Hand. »Was ist das?«

»Der Roman von Carstens neuer Freundin.«

»Ach, tatsächlich?« Du gibst ihm das Buch und er betrachtet es von allen Seiten. »Ziemlich dünn.«

»Aber gut. Besser, als ich dachte.«

»Carsten hatte so was erzählt. Hat er dir das Buch geschenkt?«

Du nickst.

Peter grinst. »Es hat ihn wirklich erwischt diesmal. Wird Zeit, dass wir diese« – er nimmt den Titel noch mal in Augenschein – »Annabella mal kennenlernen.«

Da kommt dir eine Idee. Und bevor du darüber nachdenkst, hast du sie auch schon ausgesprochen: »Wir könnten die beiden doch zu unserer Silvesterfeier einladen.« Dieses Jahr seid ihr dran. Mit einer großen Party für alle Freunde. Das Buffet ist schon bestellt. »Auf zwei mehr oder weniger kommt es da doch auch nicht mehr an.«

»Bist du dir sicher? Bisher wolltest du Privates und Berufliches doch immer strikt trennen.«

»Ja, schon. Aber durch die Beförderung bin ich mit Carsten ja mittlerweile auf Augenhöhe. Also, fast. Und er scheint ja auch ganz lustig zu sein.«

»Wenn du meinst. Von mir aus gern. Falls sie nicht sowieso schon verplant sind.«

»Ich frag ihn nächste Woche mal.«

»Gut … Und jetzt legst du dich bitte noch mal ins Bett. Ums Frühstück kümmere ich mich.«

»Danke, Schatz.«

Kapitel 16

Irgendwann glaubst du nicht mehr daran, dass dich ein Ereignis wirklich überraschen kann. Etwas, das die zementierten Säulen deines Lebens ernsthaft erschüttert. Persönliche Erfolge, Glücksmomente des Alltags, Krankheiten, ja, selbst der Tod sind irgendwie schon eingerechnet. Zufriedenheit ist das Glück, das man anstreben sollte. In einem Leben, das ein gutes Leben ist. Ein komfortables, ein gesundes. Es gibt keinen Grund, dies infrage zu stellen. Bis zu dem Tag, an dem es einfach passiert.

Es ist halb elf. Eineinhalb Stunden vor Mitternacht. Fast alle Gäste sind bereits da. Wohnzimmer und Terrasse sind voll mit euren Freunden. Sie stehen dort mit ihren Häppchen und Gläsern, die Stimmung ist ausgelassen. Ihr habt ein Tapas-Buffet liefern lassen, mit warmen und kalten kleinen Köstlichkeiten. Dazu ein guter Wein, den Champagner gibt's erst ab zwölf. Laura, Jonas und zwei weitere Kinder toben zwischen den Erwachsenen herum. Heute dürfen sie ausnahmsweise bis nach Mitternacht aufbleiben, es ist ja Silvester. Peter hat Feuerwerk besorgt und sie sind schon ganz aufgeregt.

Elena ist von einer Menschentraube umgeben. Heute hat sie es offiziell gemacht mit ihrer Schwangerschaft. Es wäre ja sowieso aufgefallen, dass sie nichts trinkt. Beatrice wusste es auch schon, alle anderen gratulieren ihr, umarmen sie und löchern sie mit Fragen. Ja, Beatrice, die habt ihr auch eingeladen. Zusammen mit Bernd. Das ging natürlich nicht anders. Aber irgendwie ist dir das auch egal. Seit Elenas Geburtstag ist sie dir gegenüber ziemlich reserviert. Das kann dir nur recht sein.

Du grüßt hier, smalltalkst da, füllst Gläser nach und versuchst zwischendurch, die Kinder zu bändigen. Sternchen ist mittendrin. Mittlerweile hat sie sich so sehr an euch gewöhnt, dass ihr ohne Bedenken die Terrassentür offen lassen könnt. Irgendwann stellst du dich zu der Gruppe um Elena, lachst und freust dich mit ihr und den anderen.

»Eva?« Du drehst dich um. Peter steht hinter dir und lächelt. »Annabella und Carsten sind jetzt da.« Er hat sie mit ins Wohnzimmer gebracht.

»Tut mir leid, es hat etwas länger gedauert. Die Familie, der Verkehr … du weißt schon.« Carsten begrüßt dich mit zwei Wangenküsschen. Er sieht gut aus in seinem maßgeschneiderten Designeranzug. Trotz der Pausbacken. »Darf ich vorstellen: Das ist Anna, meine Freundin. Anna, das ist Eva. Meine beste Mitarbeiterin und rechte Hand in der Firma.«

Du lächelst und streckst die Hand aus. Dann ist plötzlich alles ganz still um dich herum. Carsten, Peter, die Gäste, das Wohnzimmer, alles verschmilzt zu einer undeutlichen Masse, die langsam im Hintergrund verschwimmt.

Du siehst zwei Pupillen in einem Braun, das von grünen Sternschnuppen durchzogen ist. Eine Nase, fein und markant wie ein Scherenschnitt. Schmale, sensible Lippen, die den Blick in eine Tiefsee voller weißer Perlen eröffnen. Stolz und verletzlich zugleich. Du riechst den Frühling im

Winter, warm und weich und blumig. Du spürst Haut an deinen Fingern. Zart und kalt wie der Neuschnee am Morgen. Du schmeckst eine tiefe, unwiderstehliche Sehnsucht auf der Zunge und hörst: »Hallo, Eva, ich bin Anna. Freut mich, dich kennenzulernen.«

Sie drückt deine Hand und danach den Hauch eines Kusses auf deine Wangen. Du kannst nichts sagen. Du weißt noch nicht einmal mehr, wie das funktioniert. Sie schaut dich an. Dann schiebt sich Peter ins Bild und der Schleier um dich herum löst sich schlagartig auf. Du hörst deinen Mann lachen. Er hat Anna gerade ein Kompliment gemacht. Du weißt nicht, was er gesagt hat, aber es muss charmant gewesen sein. Anna lacht ebenfalls.

Dann hörst du Peter sagen: »Gib mir mal deinen Mantel, Anna. Dann kann dir Eva gleich alles zeigen. Möchtet ihr einen Wein?«

»Gern«, antwortet Anna.

»Warte, ich komm kurz mit«, erwidert Carsten. Beide verschwinden und ihr zwei steht euch gegenüber. Anna trägt ein olivfarbenes Cocktailkleid, das umwerfend an ihr aussieht.

»Du bist schön«, sagt dein Mund wie von allein und verbessert sich gleich: »Ich meine, du siehst gut aus. Das Kleid steht dir hervorragend.«

»Danke. Du bist auch schön.« Sie lächelt dich an.

Mit aller Kraft zwingst du dich in die Rolle der souveränen Gastgeberin. »Schau mal, dort steht das Buffet. Hier sind Teller, Besteck und Getränke – nimm dir einfach, was du möchtest.«

»Oh, danke. Sieht fantastisch aus. Jetzt merke ich erst, dass ich Hunger habe.«

»Ich hoffe, du magst Tapas.«

»Aber natürlich. Außerdem ist hier ja wirklich für jeden Geschmack etwas dabei.«

Carsten taucht mit zwei Weingläsern auf und umarmt Anna von hinten. »Na, Schatz, bist du schon dabei, das Buffet zu plündern?« Anna lacht. Du wendest dich ab. Bisher hast du kaum etwas getrunken, aber jetzt könntest du einen Schluck vertragen.

Du gehst in die Küche. Peter ist gerade dabei, eine neue Weinflasche zu öffnen, und lächelt dich an. »Möchtest du auch ein Glas, Schatz?«

»Gern«, sagst du und lässt dich auf den Küchenstuhl sinken. Ganz kurz nur.

»Alles okay?«

»Ja, ja, alles bestens. Bin nur so viel rumgelaufen heute.«

»Anna macht einen netten Eindruck.« Du nickst. »Ich glaube, die beiden passen gut zu unseren Freunden.« Er schenkt dir ein Glas ein. Dann drückt er dir einen Kuss auf den Mund und prostet dir zu. »Auf ein wunderschönes Silvester.«

»Auf ein wunderschönes Silvester.«

Die Stimmung ist gut. Unermüdlich gehst du von Grüppchen zu Grüppchen und verteilst Fingerfood und lustige Kommentare. Carsten und Anna musstest du gar nicht erst vorstellen, sie haben sich nahtlos von selbst integriert. Sie stehen in der Gruppe um Elena und scherzen ausgelassen. Carsten hat einen Arm um Annas Taille gelegt. Du willst gerade weitergehen, als sie sich zu dir umdreht. »Eva«, sagt sie und löst sich aus Carstens Griff. »Kann ich dir etwas helfen?« Du weißt, dass das eine rein rhetorische Frage ist, freust dich aber trotzdem.

»Danke, ich komme bestens zurecht.« Anna begleitet dich dennoch.

»Ihr habt nette Freunde«, sagt sie. »Sie sind witzig und geistreich.«

»Ja, das stimmt. Viele kennen wir schon seit Uni-Zeiten. Da ist man irgendwann ein eingespieltes Team.«

Jonas kommt angelaufen, er hat rote Bäckchen und ist außer Atem. »Mama«, ruft er aufgeregt.

»Ja, mein Schatz?«

»Leon hat gesagt, dass seine Eltern auch Feuerwerk mitgebracht haben.«

»Oh, das ist ja toll. Dann wird das ja richtig schön nachher.«

»Darf ich auch eine Rakete anzünden? Bitte!«

»Vielleicht mit Papa zusammen, okay?«

»Au jaaa!«, ruft er und ist auch schon wieder verschwunden. So aufgekratzt hast du ihn lange nicht mehr erlebt. Du lächelst.

Dann bemerkst du Annas Blick. Du kannst ihn nicht so richtig einschätzen. »Wie heißt dein Sohn?«, fragt sie.

»Jonas. Und die Große heißt Laura. Ist schon auf dem Gymnasium. Irre, wie schnell das alles geht … Hast du Kinder?« Anna schüttelt den Kopf. Hättest du dir auch denken können. Schweigend geht ihr auf die Terrasse. Es ist kalt, aber das bemerkst du kaum. »Du bist also Schriftstellerin?«, fragst du.

»Ja, hat Carsten das erzählt?« Du nickst. »Eigentlich bin ich Journalistin. Literarisches Schreiben ist meine große Leidenschaft. Vielleicht kann ich davon sogar irgendwann mal leben, wer weiß. Momentan ist es leider nicht viel mehr als ein Hobby.«

»Du hast gerade dein zweites Buch herausgebracht, nicht wahr?«

»Ja, es wurde vor Kurzem veröffentlicht. Läuft gut … zum Glück.«

»Es ist auch gut. Ich habe es gelesen.«

»Ach ja?«

»Carsten hat es mir vor ein paar Wochen geschenkt. Er ist dein größter Fan, musst du wissen.« Du versuchst, vielsagend zu zwinkern.

Anna lächelt. »Es hat dir also gefallen?«

»Ja. Sehr.«

Ihr geratet ins Plaudern und nach und nach vergisst du alles andere um dich herum. Anna hat eine weiche, wohlklingende Stimme. Von einem italienischen Akzent ist nichts zu hören. Aber sie ist ja auch in Düsseldorf aufgewachsen. Plötzlich fällt dir ein, was du sie noch fragen wolltest. »Warum hat die Geschichte eigentlich so ein trauriges Ende?«

»Wieso sollte es traurig sein?«

»Na ja, all die aufregenden Biografien, die sie sich ausgedacht hat. Und am Ende hat sie doch nur ihr eigenes unbedeutendes Leben.«

Anna schaut dich an. Ganz ruhig, ganz ernst. »Es ist kein trauriges Ende. Es ist ein gutes Ende. Weil sie sich für ihr eigenes Leben entscheidet. Egal, wie es aussehen wird. Ob beliebt und berühmt oder einsam und erfolglos – der beste Weg ist immer der eigene. Ein unbeschriebenes Blatt Papier, das jeder selbst füllen muss. Das ist die Botschaft.« Die grünen Sternschnuppen in ihren Augen scheinen zu tanzen. Sie sind ganz nah.

Plötzlich wird dir bewusst, wie kalt es ist. Und wie viele Leute mittlerweile auf der Terrasse stehen. Jemand fängt an zu zählen: »Zehn, neun, acht …« Alle anderen stimmen mit ein. Nur Anna und du, ihr schweigt. Und schaut euch unentwegt an. »… zwei, eins, frohes neues Jahr!« Jubel bricht los. Alle küssen, herzen und umarmen sich. Anna wird herumgewirbelt. Carsten hat sie von hinten um die Taille gefasst und hochgehoben.

»Frohes neues Jahr, Liebes!« Du erwachst aus deiner Trance und drehst dich um. Peter steht mit zwei Sektgläsern hinter dir und küsst dich zärtlich auf den Mund.

»Dir auch, mein Schatz«, antwortest du ganz automatisch. Du nimmst eines der Gläser, stößt mit ihm an und hältst nach Laura und Jonas Ausschau. Und da kommen sie auch schon angerannt. Sie springen an euch hoch und ihr drückt sie fest. »Ein glückliches neues Jahr, ihr kleinen Schätzchen«, sagst du und küsst beide auf die Wange.

»Machen wir jetzt Feuerwerk?«, fragt Jonas.

»Die anderen knallen auch schon«, ruft Laura ungeduldig.

»Okay, okay, ich komme ja schon«, sagt Peter lächelnd, zwinkert dir zu und verschwindet mit den Kindern im Garten. Keine zwei Sekunden später bist du von deinen Freunden umringt, die dich stürmisch umarmen. »Frohes Neues, frohes neues Jahr!« Es hätte kaum besser beginnen können.

Irgendwann, nach schier endlosen Schmatzern, Selfies und Gläserklirren, gehst du zurück ins Haus. Nur mal kurz zu Atem kommen. Erschöpft steigst du die Treppen hoch bis ins Dachgeschoss. Dort stellst du dich vor die große Panoramascheibe und schaust hinaus. Es knallt und zischt und der Himmel ist voller bunter Fontänen, Palmen, Blitze und Sterne. Ein großartiges Schauspiel. Du hast die Farben, den

Krach und den Geruch von Feuerwerk immer gemocht. Als Kind konntest du gar nicht genug davon bekommen. Jetzt bist du froh, ein Fenster zwischen dir und der Welt da draußen zu haben. Du bist so durcheinander. Nichts fühlt sich mehr an, wie es sollte.

Plötzlich hörst du Schritte hinter dir. Vielleicht Peter oder die Kinder? Aber sie sind anders – vorsichtig, bedächtig, suchend. Schritte, die sich auf fremdem Terrain bewegen. Dann taucht eine Gestalt auf der Treppe auf. Du erkennst sie nur schemenhaft, weil es so dunkel ist. Dennoch weißt du sofort, wer es ist. Sie nähert sich langsam und sagt: »Eva.« Anna. Jetzt steht sie direkt vor dir. Das Feuerwerk lässt ihr Gesicht aufleuchten und die Lichter spiegeln sich in ihren Augen. Sternschnuppenaugen. »Ich habe dich gesucht.«

»Warum?«, fragst du. Leise, fast flüsternd. Statt einer Antwort kommt sie noch näher. Du kannst ihren schnellen Atem spüren, ihre bebende Brust. Das kann nicht nur vom Treppensteigen kommen. Sie beugt sich vor und legt ihre Lippen auf deine. Sie sind warm und weich und unglaublich zart. Dein Mund öffnet sich wie von allein. Du spürst ihre Zungenspitze, erst schüchtern und forschend, dann mutig und fordernd. Du erwiderst den Kuss. Verzaubert, elektrisiert, leidenschaftlich. Du nimmst ihr Gesicht zwischen die Hände, streichst ihr über die Haare, greifst ihr zart in den Nacken. Sie schmiegt sich an dich, ihre Hände wandern von der Schulter über deinen Rücken bis hinunter zur Taille.

Dann lässt sie dich plötzlich los. Du möchtest … du musst sie noch mal küssen, aber sie löst sich aus deiner Umarmung und geht einen Schritt zurück. Schwer atmend starrt ihr euch an. »Frohes neues Jahr«, haucht sie mit erstickter Stimme. Dann macht sie auf dem Absatz kehrt und läuft die Treppe hinunter.

Zweiter Teil ICH

Kapitel 1

Ich erwache. Noch bevor ich die Augen öffne. Durch die geschlossenen Lider spüre ich die Anwesenheit der Dinge um mich herum. Mein Körper liegt warm und schwer zwischen Daunen und Matratze. Ich fühle Behaglichkeit auf meiner Haut und Wärme in meinem Bauch. Langsam strecke ich die Fingerspitzen in die eine und die Zehen in die andere Richtung. Der Mensch ist am Morgen größer als am Abend, habe ich gelesen. Heute Nacht bin ich gewachsen. Vielleicht einen Zentimeter, vielleicht einen halben? Etwas hat sich jedenfalls verändert. Als ob die Wirbel und Finger und Haare zwar noch alle dort sind, wo sie hingehören, nur umgedreht. Spiegelverkehrt. Ich fühle mich nicht mehr wie das Bild in der Scheibe, sondern wie die Frau auf dem Sitz. Der nächste Halt des Zuges ist meiner.

Ich öffne die Augen. Langsam nehmen die Dinge Konturen an. Der Zipfel des Satinbettbezugs, die marmorierte Fensterbank, das Thermostat auf dem Heizköper. Durch die Lamellen der Jalousie fällt das Licht in Streifen auf den Fußboden. Das neue Jahr beginnt sonnig. Ich horche in die Stille. Nach und nach kristallisieren sich Geräusche heraus. Peters ruhiger Atem neben mir, draußen ein gedämpftes Husten, Schritte auf Streusand. Der alte Nachbar dreht wieder seine morgendliche Runde. Jeden Tag um die gleiche Uhrzeit, ob wochen-, sonn- oder feiertags. Es muss also neun Uhr sein. Ein Blick auf den Wecker bestätigt es. Dass die Kinder noch nicht wach sind! Aber sie waren ja auch erst gegen zwei Uhr morgens im Bett, Peter und ich drei Stunden später. Die letzten Gäste sind um vier gegangen.

Ich stehe auf. Es ist kühl in dem Seidenpyjama, aber ich genieße das Gefühl auf der Haut, die durch die Kälte ganz empfindsam wird. Behutsam öffne ich die Schlafzimmertür und laufe barfuß ins Bad. Der flauschige Teppich vor dem Waschbecken schmeichelt den nackten Füßen. Ich spritze mir kaltes Wasser ins Gesicht, das tut gut. Dann schlüpfe ich in meinen Bademantel und die Fellpantoffeln, die neben der Tür stehen, und laufe leise die Treppe hinunter.

Sternchen begrüßt mich mit einem Miauen. Dass sie sich bis jetzt ruhig verhalten hat, grenzt an ein kleines Wunder. »Gute Katze«, sage ich leise und streichle ihr über das weiche Fell. Sie schmiegt sich an meine Hand und schnurrt. Ich öffne den Schrank in der Ecke und nehme eine Dose Katzenfutter heraus. Sternchen umstreicht meine Beine und miaut fordernder. »Ist ja gut, du kleiner Vielfraß.« Noch bevor ich ihren Napf mit dem Doseninhalt auf den Boden gestellt habe, hat sie auch schon den Kopf hineingesteckt. Ich beobachte unser neues Familienmitglied eine Weile, wie es schmatzend das Futter verschlingt. Erstaunlich, wie schnell wir uns alle aneinander gewöhnt haben. Und wie selten es bisher Auseinandersetzungen wegen der Katze gab.

Dann lege ich einen Filter in die Kaffeemaschine und schaufle zwei gehäufte Löffel hinein. Schön stark, nur für mich. Jetzt beginnt mein persönliches Morgenritual. Aber irgendetwas ist anders heute. Die Starre, mit der ich sonst regungslos vorm Fenster verharre, bis der letzte Tropfen in die Kanne gelaufen ist, ist heute wie weggeblasen. Es zieht mich ins Wohnzimmer, ich öffne die Terrassentür und atme tief die kalte Luft ein. Wie gut das tut. Im Garten liegen noch ein paar Silvester-Überbleibsel. Aufgeweichte Pappe und Raketenreste, ein Aschenbecher und zwei Sektgläser stehen noch in einer Ecke. Das meiste haben wir direkt nach der Party weggeräumt.

Ich schließe die Tür wieder und laufe vom Wohnzimmer in den Flur und wieder zurück ins Wohnzimmer und von dort in die Küche. Der Kaffee ist mittlerweile durchgelaufen und ich fülle mir einen großen Becher. Schwarz, das muss heute sein. Dann stelle ich mich vors Fenster, schaue hinaus und versuche, meine Aufmerksamkeit auf die nächsten Schritte zu lenken. Frühstück zubereiten, Peter und die Kinder wecken, die Reste von gestern aufräumen, Mama anrufen, die Schwiegereltern anrufen und dann vielleicht irgendwann einen schönen Neujahrsspaziergang machen. Das wäre ein guter Feiertag, ein familiärer, ein harmonischer.

Aber ich schaffe es nicht, die Bilder im Kopf zu fokussieren. Denn ein anderes schiebt sich immer wieder dazwischen. Eines, das mich schneller atmen lässt und kleine Funken durch die Magengegend schießt. Sternschnuppenaugen. Ich versuche, das Bild abzuschütteln wie einen dieser Träume, den man einfach weiterträumt, nachdem man aufgewacht und wieder eingeschlafen ist. Vergeblich. Wie im Delirium umkreisen meine Gedanken diesen einen kurzen Augenblick oben vor dem Dachfenster. Heute Morgen kurz nach Mitternacht. Surreal, undenkbar, schön. Undenkbar schön.

Etwas piepst metallisch. Mein Handy. Ach ja, wo habe ich das eigentlich hingelegt, gestern? Ich entdecke es zwischen den Blumen und Kerzen auf dem Wohnzimmertisch. Der Akku ist fast leer. Das Display zeigt an, dass ich eine SMS bekommen habe. Von einer unbekannten Nummer. Doch wohl niemand von der Arbeit? Es ist zwar Feiertag, aber man weiß ja nie. Manche fühlen sich ja auch berufen, sonntagabends schon mal vorsorglich Fragen zum Montagsmeeting zu stellen. Ich brauche endlich ein Geschäftshandy. Seufzend öffne ich die SMS – und lasse mich auf das Sofa hinter mir sinken.

Eine warme Welle flutet meinen Körper, steigt langsam nach oben und malt mir ein Lächeln ins Gesicht. Die Nachricht besteht aus fünf Wörtern: »Können wir uns sehen? Anna.« Die Nummer muss sie von Carsten haben. Was sie ihm wohl gesagt hat? »Schatz, Eva und ich wollten noch mal intensiver über das Buch sprechen. Kannst du mir ihre Nummer geben?« Ich lächle. Genau genommen kann ich gar nicht mehr aufhören damit.

»Mama?« Wie von einem anderen Stern steht plötzlich Jonas vor mir. Mit zerzaustem Haar und verschlafenen Augen. Mir fällt auf, dass der Bärchenschlafanzug langsam unangemessen wirkt. Ob er gewachsen ist? Ich nehme ihn in den Arm und drücke ihm einen Kuss auf die Wange.

»Guten Morgen, mein Schätzchen. Hast du gut geschlafen?« Jonas nickt. »Ich mache gleich Frühstück für alle. Möchtest du schon mal etwas trinken? Soll ich dir eine Bananenmilch machen?« Jonas schüttelt den Kopf.

»Ich mag doch keine Bananenmilch mehr, Mama.« Tatsächlich? Mir fällt ein, dass ich ihn jetzt morgens oft Saft trinken und Cornflakes löffeln sehe, wie Laura. Aber ich erinnere mich nicht mehr an den Zeitpunkt, als sich das geändert hat. Seit am Morgen unter der Woche alles schnell gehen muss, bekomme ich nicht mehr so viel mit. »Ich hole mir einen Saft«, sagt Jonas und läuft in die Küche. Nachdenklich schaue ich ihm hinterher. Und folge schließlich, um das Frühstück zuzubereiten. Das Handy habe ich zur Seite gelegt.

Eine halbe Stunde später sitzen alle am Tisch. Laura ist aufgekratzt. »Nach dem Frühstück gehe ich nach draußen und suche Raketen.«

»Ach, wirklich?«, fragt Peter. »Meinst du nicht, die wurden gestern alle schon abgeschossen?«

»Ich meine ja auch nicht die ganzen Raketen.« Laura verdreht theatralisch die Augen. »Sondern die Plastikhütchen, die übrig bleiben.«

»Was hast du denn damit vor?«

»Man kann Flugzeuge daraus basteln.«

»Das ist ja toll!«, sagt Peter mit todernstem Gesichtsausdruck. »Und was wird das für ein Flugzeug? Eine Boeing oder ein Airbus?«

»Ach, Papa. Du hast überhaupt keine Ahnung.«

»Da könntest du recht haben.« Peter und ich grinsen uns an. Ich mag es, wenn er mit den Kindern Späßchen macht. Ein vertrautes Gefühl.

»Wollen wir nachher alle zusammen einen Spaziergang machen?«, fragt er in meine Richtung. »Der Catering-Service holt die Sachen heute Nachmittag ab und so viel ist es ja zum Glück nicht mehr zum Aufräumen.«

In dem Moment fällt mir die SMS wieder ein. »Ich kann leider nicht«, sage ich und räuspere mich umständlich.

»Wieso?«

Oje, wieso? Vielleicht hätte ich mir vorher eine Antwort überlegen sollen. »Also … ich muss nachher kurz weg. So für ein, zwei Stunden ungefähr. Danach bin ich aber wieder da … und dann ist ja bestimmt auch noch genug Zeit für alles.«

»Warum denn?«

»Ich muss etwas klären. Das geht leider nur heute.« Peter mustert mich fragend. Und auch die Kinder schauen mich mit großen Augen an. »Ist wirklich nichts Besonderes«, beschwichtige ich und versuche ein unbefangenes Lächeln.

Peter schweigt einen Moment und sagt schließlich: »Gut, Schatz. Klär die Sache.«

»Ja«, schreibe ich eine Viertelstunde später. »Um 12 Uhr habe ich Zeit. Wo wollen wir uns treffen?«

»Wie wär's mit der Reichenbachbrücke an der Isar?«

»Okay. Ich freu mich. Eva«

»Ich mich auch. Anna«

Kapitel 2

Um 11.53 Uhr stehe ich am Ende der Reichenbachbrücke, wo es zur Isar hinuntergeht. Einige Fußgänger sind schon unterwegs und auch ein paar hartgesottene Jogger lassen sich von der Winterkälte nicht abschrecken. Es ist schön. Die Sonne blitzt durch die Wolken und taucht die Schneedecke am Flussufer in ein leuchtendes Licht. Das Wasser ist glasklar. Laura und Jonas hätten sicherlich ihren Spaß gehabt. Alle zusammen waren wir das letzte Mal im Sommer hier, als ein paar Freunde zum Grillen eingeladen hatten. Ansonsten bleibt man doch eher in seiner gewohnten Umgebung. Schade eigentlich.

»Eva?« Ich blicke zur Seite. Und habe Laura, Jonas und Peter augenblicklich vergessen. Anna strahlt mich an. Sie sieht bezaubernd aus in ihrem bordeauxfarbenen Mantel, dem dunkelgrünen Schal und der grau melierten Wollmütze. »Zauberhaft« – Carsten lag genau richtig mit seiner Beschreibung.

»Hallo, Anna«, antworte ich, erwidere ihr Lächeln und schiebe die Mütze zurecht, die mir ins Gesicht gerutscht ist. Ich bin einfach kein Mützentyp. Wir umarmen uns einen Moment zu lange. Anna riecht so umwerfend, wie sie aussieht.

»Schön, dass du's einrichten konntest«, sagt sie.

»Hat schon gepasst … Hast du meine Nummer von Carsten?«

»Ja.« Mehr sagt sie nicht dazu. Aber mehr möchte ich eigentlich auch gar nicht wissen.

»Wohnst du hier in der Nähe?«

»Ich wohne im Glockenbachviertel. Klein, aber mein. Da ist man natürlich schnell an der Isar. Im Prinzip mein Kiez hier.« Sie zwinkert mir zu.

»Arbeitest du auch daheim?«

»Teils, teils. Manchmal sitze ich tage- oder wochenweise in Redaktionen, manchmal arbeite ich von zu Hause. Schreiben tue ich auf jeden Fall dort. Ich habe ein kleines Büro.«

»Und ursprünglich kommst du aus Düsseldorf? Das stand in dem Klappentext.« Drauflosfragen ist die beste Methode, um Unsicherheit zu überspielen.

»Ja, stimmt. Ich bin dort zur Schule gegangen. Danach habe ich ein paar Jahre in Rom und Berlin gewohnt und bin dann irgendwann nach München gezogen. Aus beruflichen Gründen. Ist mir nicht ganz leichtgefallen. Am Anfang fand ich's furchtbar spießig, bis ich die Stadt nach und nach richtig kennengelernt habe. Jetzt gefällt's mir gut.«

»Wie lange bist du jetzt hier?«

»Seit sieben Jahren.«

»Und woher hast du diesen traumhaften Nachnamen? Kommen deine Eltern aus Italien?«

»Mein Vater, ja. Er ist allerdings schon früh nach Deutschland gegangen, ich bin in Düsseldorf geboren. Meine Mutter ist Deutsche.«

Wir laufen eine Weile schweigend nebeneinanderher.

Der Schnee knirscht unter den Sohlen und der Wind bläst mir feine Eiskristalle ins Gesicht. Kalt, aber schön. »Und du?«, fragt Anna schließlich. »Seit wann seid ihr verheiratet, Peter und du?«

»Seit dreizehn Jahren. Wir haben uns im Studium kennengelernt, da war ich zweiundzwanzig und Peter dreiundzwanzig. Zwanzig Jahre, Wahnsinn. Und wir sind tatsächlich zusammengeblieben.« Den letzten Satz hätte ich mir sparen können.

»Bist du in München aufgewachsen?«

»Nein, in einer Kleinstadt in Niederbayern. Ich bin erst zum Studieren nach München gezogen.«

»Du hast gar keinen Dialekt. Also, im Vergleich zu manch anderen …«

Ich lache. »Ja, das kann sein. Meine Mutter kommt ursprünglich aus Niedersachsen. Die konnte sich nie mit dem Boarischen anfreunden und das prägt natürlich.«

Wir spazieren einen schmalen Pfad am Ufer entlang. Der frische Schnee ist noch fast unversehrt, nur hier und da kreuzen ein paar Fuß- und Hundespuren den Weg. Anna läuft vor mir. Ihre schlanke Gestalt in dem roten Mantel hebt sich wie ein Spritzer Rotwein auf einer weißen Tischdecke von der Umgebung ab. Sie trägt dicke Winterstiefel und ich versuche heimlich, genau in ihre Spuren zu treten. Sie hat etwas kleinere Füße als ich, macht aber ungefähr gleich große Schritte. Wenn uns jemand folgen würde, könnte er denken, dass hier nur eine Person entlanggelaufen ist. Ich fühle mich unsichtbar. Und wer unsichtbar ist, darf geheime Dinge tun. Das hat mir Jonas mal gesagt.

Unvermittelt dreht Anna sich um. Ich fühle mich ertappt. »Hast du eigentlich ein Hobby? Also irgendetwas, das du besonders gern machst?«

Gute Frage. Der Yogakurs, zu dem Elena und ich angemeldet sind – eigentlich? Das Fitnessstudio, in das ich nie gehe?

»Na ja, das Übliche eben. Hier mal eine Yogastunde, da mal ein bisschen Sport. Übernächstes Wochenende wollen wir Ski fahren. Aber mit der Arbeit, den Kindern und dem ganzen Drumherum ist man sowieso schon beschäftigt genug.«

»Das kann ich mir gut vorstellen.«

»Früher habe ich mal Klavier gespielt.«

»Oh, schön! Heute nicht mehr?«

»Nein, eigentlich nicht. Der alte Flügel steht bei meiner Mutter. Laura und Jonas haben nicht wirklich Interesse daran, Gitarre ist viel interessanter. Und ich habe als Jugendliche schon aufgehört damit. Du weißt ja, in dem Alter werden andere Dinge wichtiger …«

Anna nickt wissend. Dass ich eigentlich sehr gern Klavier gespielt habe, sage ich ihr nicht. Und dass ich ziemlich genau zu dem Zeitpunkt damit aufgehört habe, als Georg verschwunden ist.

Es ist angenehm, sich mit Anna zu unterhalten. Irgendwann wird der Weg wieder breiter und wir laufen nebeneinander. Sie erzählt mir, wie viel Energie und Geduld es erfordert hat, bis sie endlich einen Verlag gefunden hatte. Und wie sehr sie sich wünschen würde, vom Schreiben tatsächlich auch leben zu können. Ich grabe im Gegenzug ein paar hübsche Anekdoten aus dem Arbeitsalltag aus und Anna lacht. Sie hat ein schönes Lachen. Ungekünstelt, warm, ehrlich. Wenn sie lacht, bildet sich eine kleine Ader auf der Stirn, die sie unwiderstehlich aussehen lässt. Aber auch irgendwie verletzlich. Ich verspüre den Wunsch, sie in den Arm zu nehmen und ihre Mundwinkel zu küssen. Ganz leicht und zart.

In dem Moment kommt ein Hund bellend auf uns zugerannt. Eine undefinierbare Promenadenmischung mit zotteligem Fell und einem offenbar sehr ausgeprägten Spieltrieb. Er springt an Anna hoch und wirft sie beinahe um. Unwillkürlich packe ich sie an der Schulter und halte sie fest. Anna wehrt den Hund lachend ab. Das Zotteltier läuft bellend zurück zu seinem Herrchen. Er hebt entschuldigend den Arm. Meine Hand liegt immer noch auf Annas Schulter.

Sie dreht sich zu mir um, ihre Augen funkeln übermütig. Aus dem Affekt heraus küsst sie mich. Auf den Mundwinkel. Ganz leicht und zart. Ich möchte den Kuss erwidern. Mitten auf den Mund. Zärtlich, leidenschaftlich, ganz und gar. Stattdessen nehme ich die Hand von ihrer Schulter und weiche zurück. Ich kann die Enttäuschung in ihrem Gesicht sehen, bevor sie sich wieder unter Kontrolle hat. »Entschuldige«, sagt sie und senkt kurz den Blick. Dann dreht sie sich leicht von mir weg und fragt: »Wollen wir weitergehen?« Ich nicke.

Schweigend setzen wir unseren Spaziergang fort. Jede Leichtigkeit ist verflogen. Am liebsten würde ich nach ihrer Hand greifen und sie anlächeln. Aber ich muss an Laura, Jonas und Peter denken und an all die Konsequenzen. Vielleicht denke ich auch gar nichts, denn in meinem Kopf ist ein großer aufgeblähter Gedankenballon. Irgendwann bleibe ich stehen und starre auf die Isar. Anna stellt sich neben mich. Friedlich fließt der Fluss vor sich hin. Erst wenn es zu tauen beginnt, wird er sich in einen reißenden Strom verwandeln. Dann sind die Kajakfahrer in ihrem Element, die sich trotz offizieller Warnungen in die Fluten und Stromschnellen stürzen. Keine Ahnung, warum ich gerade dieses Bild vor Augen habe.

»Ich habe eine Familie«, sage ich leise.

»Ich weiß.«

»Ich habe Verantwortung, die ich nicht einfach hinschmeißen kann.«

»Das verstehe ich.«

»Ich kann nicht.«

Anna nickt langsam und starrt angestrengt auf das Wasser. »Vielleicht solltest du besser gehen«, sagt sie schließlich. Ihre Stimme klingt dünn. »Ich gehe noch ein bisschen weiter, okay?« Ich nicke zögernd. »Mach's gut, Eva.«

»Du auch.« Wir umarmen uns kurz und dann hat sie sich auch schon umgedreht und läuft davon. Edler Rotwein auf weißem Gedeck. Ich fühle mich, als hätte mich gerade ein Laster überrollt.

Als ich nach Hause komme, sind auch Peter und die Kinder gerade von ihrem kleinen Ausflug zurück. Laura und Jonas haben jede Menge Plastikhülsen gefunden und streiten sich gerade darum, wer welche bekommt. »Deine Mutter hat angerufen«, sagt Peter. »Und von Elfriede und Aribert soll ich dir ein frohes neues Jahr wünschen.«

»Danke.«

»Hast du geklärt, was du klären wolltest?«, fragt er, ohne eine Miene zu verziehen.

»Ja.«

»Dann gibt es ja kein Problem, oder?« Ich schüttle den Kopf.

In dieser Nacht schlafe ich zwei Mal mit ihm. Leidenschaftlich und heftig, als ob ich alles andere vergessen wollte. Ich will alles andere vergessen.

Kapitel 3

In den nächsten Tagen bin ich vollkommen antriebslos. Als ob mich etwas niederdrückt, einengt und ausbremst, das ich nicht greifen kann. Wahrscheinlich ein Vorbote der Frühjahrsmüdigkeit, versuche ich mir einzureden. Außerdem: Die Partyvorbereitungen, die Freizeitpläne, der ganze Stress neben dem normalen Alltagswahnsinn – da geht jedem irgendwann mal die Puste aus. Aber ich weiß ganz genau, dass es eigentlich etwas anderes ist. Ein Gefühl, das ich so vermutlich seit der Pubertät nicht mehr hatte. Vielleicht auch nie. Liebeskummer. In seiner ganzen grausamen Unbarmherzigkeit.

Das geht vorbei, sage ich mir immer wieder. Gehe ins Büro, mache meine Arbeit, versorge meine Kinder, kümmere mich um meinen Mann, treffe mich mit Freundinnen, lache über ihre Geschichtchen und fühle mich in Wirklichkeit niedergeschlagen wie lange nicht mehr. Mein Lächeln fühlt sich unecht an. Ich muss mich zwingen, etwas zu essen. Und dennoch scheint niemand etwas zu bemerken.

Peter steckt mitten in einem neuen Projekt, das seine ganze Aufmerksamkeit erfordert. Sarah macht ihre Sache als Kindersitterin so gut, dass mich Jonas und Laura kaum zu vermissen scheinen. Und Carsten ist seit Silvester die

Freundlichkeit in Person. »Anna und mir hat es super gefallen. Ich finde es toll, dass ihr euch so gut versteht!«

Dann kommt der Freitag vor dem Skiwochenende, das Peter und ich schon länger mit den Kindern geplant haben. Morgen wollen wir in ein Skigebiet in Österreich und dort eine Nacht bleiben. Laura freut sich wie verrückt, Jonas etwas verhaltener. Er fährt nicht besonders gut. Irgendwie hat er Schwierigkeiten mit der Koordination. Aber er ist ja auch der Jüngste.

Um noch in Ruhe die Sachen packen zu können, gehe ich etwas früher von der Arbeit heim als sonst. Homeoffice war leider nicht drin, weil Carsten mich für die Vorbereitung einer Präsentation brauchte. Als ich mit gepackter Tasche an seinem geöffneten Büro vorbeigehe, ruft er mich hinein. Mensch, hoffentlich ist das nicht wieder irgendeine Spontanaktion, die noch mal zwei Stunden dauert.

»Eva, was ich dir noch sagen wollte.« Was kommt jetzt? »Eigentlich wollten wir euch auf euer Skiwochenende begleiten. Sollte eine Überraschung von Peter und mir werden, weil ihr euch Silvester so gut verstanden habt, Anna und du.« Tolle Überraschung. Ich halte die Luft an. »Als ich es ihr gestern erzählt habe, war sie allerdings gar nicht begeistert. Hat gesagt, dass sie unbedingt Zeit zum Schreiben bräuchte. Obwohl sie sich eigentlich das Wochenende freihalten wollte. Na ja.«

»Das heißt, ihr kommt nicht mit?«, frage ich vorsichtig.

Carsten grinst. »Anna kommt nicht mit. Ich schon. Wenn es dir recht ist, natürlich. Ich will ja schließlich nicht Däumchen drehen, während sie vorm Computer hockt.«

Ich nicke langsam, fast mechanisch. »Klar, komm doch mit.«

»Prima, dann sehen wir uns morgen. Und keine Sorge: Ich habe mein eigenes Zimmer.« Er zwinkert mir zu.

Als ich das Büro verlasse, ist die Entscheidung längst getroffen. So selbstverständlich, wie man ein Feuer löscht, wenn es brennt, oder ein Kind tröstet, wenn es weint.

»Ich kann nicht mit zum Skifahren kommen, Schatz.«

»Was? Ist das dein Ernst?«

»Ja.«

»Wie kommst du denn darauf?«

»Ich fühle mich seit Tagen müde und erschöpft und brauche einfach mal Zeit für mich.« Das ist noch nicht einmal gelogen. »Du hast doch gesagt, dass ich mir mehr Zeit für mich nehmen soll.«

»Ja, schon, aber ausgerechnet dieses Wochenende? So plötzlich? Die Kinder freuen sich doch schon. Und ich auch.«

»Ich weiß. Es tut mir leid.«

»Meinst du nicht, dass dir die Berge guttun würden?«

»Ich glaube nicht.«

»Warum hast du mir das denn nicht früher gesagt?«

»Tut mir wirklich leid ... Kommst du mit den Kindern allein zurecht?«

Peter schweigt mürrisch und sagt schließlich: »Muss ja. Na schön.«

Ihre Adresse habe ich aus den Gelben Seiten, ganz klassisch. Es ist 11.23 Uhr, als ich vor ihrer Haustür stehe. Einem unnützen Impuls folgend schaue ich noch einmal aufs Handy, bevor ich nervös die Klingel neben »Marini« drücke. Anna scheint im Dachgeschoss zu wohnen. Zumindest steht ihr Name ganz oben. Ich habe Herzklopfen, meine Handflächen sind feucht. Ob sie mich überhaupt sehen will? Ob sie überhaupt da ist?

Peter ist heute Morgen früh mit den Kindern abgereist. Damit sie pünktlich im Skigebiet sind, wenn die Lifte aufmachen. Er war immer noch enttäuscht, hat sich aber Mühe gegeben, es nicht zu zeigen. Laura und Jonas hat er erklärt, dass Mama mal ein Wochenende für sich braucht. Und außerdem auf Sternchen aufpassen muss. Das haben sie verstanden.

»Hallo?« Annas Stimme in der Gegensprechanlage. Mein Herz schlägt mir mittlerweile bis zum Hals.

»Ich bin's«, sage ich heiser. »Eva.«

Schweigen am anderen Ende. Schließlich leise: »Komm hoch.« Der Summer geht, ich drücke die Tür auf.

Es sind vier Etagen, die mir endlos vorkommen. Mir ist schwindelig und ich bin außer Atem, als ich oben ankomme. Das muss die Nervosität sein. Anna steht schon im Türrahmen. Sie trägt eine Jogginghose und ein weites Longshirt. Und sieht bezaubernd darin aus. »Wieso bist du nicht beim Skifahren?«, fragt sie.

»Peter ist mit den Kindern alleine gefahren.«

Sie fragt nicht, warum, sondern mustert mich prüfend. Ich fühle mich unwohl. Wahrscheinlich wird sie mich gleich wieder wegschicken. Sie hätte allen Grund dazu. Was mache ich hier eigentlich? Ich muss verrückt sein.

»Komm rein.«

Vorsichtig betrete ich ihre Wohnung. Der Flur ist klein, aber aufgeräumt, und der Parkettboden angenehm warm. »Gib mir deine Jacke! Die Schuhe kannst du hier vorn hinstellen.« Sie zeigt auf einen hübschen kleinen Schuhständer. Ich tue wie befohlen und drücke Anna meine Jacke in die Hand. Danach lehne ich mich gegen die Wand und atme durch. Mir ist immer noch schwindelig. »Tut mir leid«, murmle ich, »dass ich dich hier einfach so überfalle. Du musst ja denken …« Ich komme nicht dazu, den Satz zu beenden.

Anna dreht sich zu mir um, nimmt meinen Kopf zwischen ihre Hände und küsst mich. Meine Lippen sind kalt und zittern. Ihr warmer Mund ist wie ein Schock. Langsam und zärtlich nimmt sie mich in den Arm, lässt ihre Hände über meinen Rücken gleiten und liebkost mit den Lippen mein Gesicht. »Es ist schön, dass du da bist«, flüstert sie. Ihre Berührungen beruhigen und erregen mich zugleich. Ich küsse ihren Mundwinkel. Sie schmiegt sich an mich und drückt mich mit dem Körper sanft gegen die Wand. Ein sehnsüchtiges Ziehen schießt mir durch den Unterleib, das sich wie Elektrizität bis in die Fingerspitzen ausbreitet. Mein Atem geht schneller, mein Herz rast. Ich möchte sie an mir, in mir und überall spüren.

»Komm mit«, sagt sie, greift nach meiner Hand und nimmt mich mit in ihr Schlafzimmer. Es ist angenehm kühl dort und riecht nach Schlaf und sanften Träumen. Auf dem Bett liegen sorgfältig gefaltet zwei Decken und Kissen. Ein Paar davon muss für Carsten sein, aber ich komme nicht dazu, darüber nachzudenken. Anna streichelt mir über die Wange und schaut mich an. Ihr Blick ist intensiv, erregt, fordernd, zart und verletzlich zugleich. Ich beuge mich vor und suche mit meinen Lippen die ihren. Sie umschließen sich hungrig und setzen jeden Zweifel außer Gefecht. Wir schmiegen uns aneinander, küssen, berühren und umarmen uns leidenschaftlich. Alles fühlt sich neu und aufregend an, mein Herz schlägt bis zum Hals. Ich zucke kurz zusammen, als ich Annas Hände auf meiner Haut spüre. Sie sind kalt. »Entschuldige«, flüstert sie, »ich bin nervös.«

»Ich auch«, erwidere ich und küsse sie zärtlich auf die Schläfe. Ihre rechte Hand wandert langsam über meine Taille zu meinem Bauch und weiter hinauf. Ich stöhne leise auf, als ihre Finger meine Brust umschließen.

Vorsichtig zieht mir Anna das Shirt über den Kopf und ich tue es ihr nach. Hülle um Hülle gleitet zu Boden, bis uns kein Hauch Stoff mehr trennt. Nackt stehen wir voreinander, betrachten unsere Körper, liebkosen ihre Konturen und verschlingen die kleinen Details mit sehnsüchtigen Blicken.

Mein Brustkorb bebt, als wir uns schließlich innig umschlungen auf das Bett sinken lassen. Ab jetzt denke ich nicht mehr. Sondern fühle nur noch.

»Ich habe mich schockverliebt«, sagt Anna später. »Als du Silvester im Wohnzimmer plötzlich vor mir standst, ist das passiert, woran ich nie geglaubt habe.« Sie liegt neben mir auf dem Bett, ihr nackter Körper schimmert in warmen Pastelltönen. Die kleinen Brustknospen bewegen sich mit jedem Atemzug auf und ab. Ich möchte sie mit meinen Lippen berühren.

»Mir ging es genauso. Glaube ich. Ich war kaum fähig, einen klaren Gedanken zu fassen. Du hast mich vollkommen aus der Bahn geworfen.«

»Ich konnte nichts dagegen tun«, sagt sie leise und fast entschuldigend.

»Wie schön du bist«, erwidere ich und streiche mit den Fingerspitzen über ihre Wangen, Lippen und den Hals hinunter zum Schlüsselbein und ihren Brüsten.

»Du auch«, antwortet sie mit halb geschlossenen Augen und streckt sich mir entgegen. Ich kann die aufkeimende Lust unter meinen Händen spüren. Zärtlich liebkose ich ihre weiche Haut und lasse die Hand weiter zum Bauch gleiten, bis zu dem kleinen Dreieck zwischen ihren Beinen. Annas Blick verschleiert sich, sie stöhnt leise auf, als meine Finger sanft in die warme Feuchtigkeit eintauchen. Ich würde am liebsten in sie hineinkriechen.

Wir verbringen den ganzen Samstag bei ihr zu Hause, duschen gemeinsam, bestellen etwas zu essen und lassen uns keine fünf Minuten aus den Augen. Wenn ich aus dem Bad zurückkomme, sagt Anna: »Ich habe dich schon vermisst«, und als sie sich etwas anzieht, um dem Lieferservice die Tür zu öffnen, folge ich ihr mit sehnsuchtsvollen Blicken. Ihre Dachwohnung ist nicht groß, aber hell und charmant. Holz und helle Farben bestimmen den Gesamteindruck, an der Wand hängen Schwarz-Weiß-Fotografien und ein, zwei Bilder. Neben dem Schlafzimmer befinden sich ein winziges Büro und ein relativ geräumiges Wohnzimmer mit einer kleinen Dachterrasse. »Für Münchner Innenstadt-Verhältnisse ist das schon Luxus«, sagt sie. »Zum Glück verdiene ich mittlerweile besser als früher, sonst könnte ich die Miete kaum bezahlen.«

Während Anna in der Küche das gelieferte Essen auf Teller umfüllt und Tee kocht, nehme ich ihre Wohnung in Augenschein. Jedes Bild fesselt meine Aufmerksamkeit und jedes Detail scheint eine Bedeutung zu haben. Am liebsten möchte ich alles über sie wissen.

»Darf ich in dein Büro gehen?«

»Natürlich!« Ich betrete den kleinen Raum, der nach

meiner Einschätzung höchstens sechs Quadratmeter groß sein kann. Groß genug, um einen Schreibtisch, einen Stuhl, einen Drucker und ein Regal unterzubringen. Der Tisch steht direkt vor einem Fenster, das den Blick auf das quirlige Glockenbachviertel eröffnet. Ausreichend hoch, um von den Geräuschen nicht gestört zu werden, aber tief genug, um das Treiben auf der Straße verfolgen zu können. Es dämmert bereits.

»Was glaubst du, was hier los ist, wenn im Sommer die Straßenfeste beginnen«, ruft sie aus der Küche. »Man bekommt hier oben alles mit. Manchmal schön, manchmal ganz schön nervig.« Als hätte sie erraten, dass ich gerade aus dem Fenster schaue. Auf ihrem Schreibtisch steht ein geöffneter Laptop mit schwarzem Bildschirm. Wahrscheinlich hat sie tatsächlich geschrieben, als ich geklingelt habe. Woran sie wohl momentan arbeitet? An einem neuen Roman? Rund um den Laptop herrscht ein geordnetes Chaos aus bekritzelten Blättern, Kopien, Magazinen, einer Zeitung, zwei Büchern und diversen Büroutensilien. Mittendrin eine kleine Vase mit einer halb verwelkten Rose. Ob die von Carsten ist? Es gibt mir einen kurzen Stich.

»Essen ist fertig«, ruft sie aus dem Wohnzimmer. Anna steht vor einem liebevoll gedeckten Tisch und strahlt mich an. Sie hat eine Kerze angezündet, der Schein spiegelt sich in ihren Augen.

»Sternschnuppen«, sage ich.

»Wie bitte?«

»Du hast Sternschnuppen in deinen Augen.«

Anna lächelt. »Dann kannst du dir ja was wünschen.« Ich küsse sie über den Tisch hinweg auf den Mund.

»Schon passiert.«

Wir essen, plaudern und lachen. Für eine Weile schafft es kein störender Gedanke, den zweisamen Mikrokosmos zu durchdringen.

»Hast du eigentlich schon Erfahrungen mit Frauen?«, frage ich sie irgendwann. »Also, sexuelle?«

»Im Studium hatte ich ein paar Monate eine Freundin. Aber das war irgendwie … anders. Und du?«

»Ich hatte mal eine kurze Affäre mit einer Spanierin, die mit mir durch Südamerika gereist ist.«

»Stimmt, von der Reise hast du erzählt. Und wie war das für dich?«

»Na ja, es war ganz schön. Fällt aber wohl eher unter die Kategorie ›Ausprobieren‹.« Ich male Gänsefüßchen in die Luft.

Wir schauen uns an. Ich kann die unausgesprochene Frage spüren, die zwischen uns im Raum steht. Aber wie soll man ein Gefühl formulieren, das man sich selbst nicht erklären kann?

Anna überspielt die Situation, indem sie ihren Teller ein Stück wegschiebt. »Eigentlich hat das Katzenfutter doch ganz gut geschmeckt«, grinst sie. »Gustatorisch weitaus besser als optisch.«

»Ach, herrje!« Das Stichwort katapultiert mich zurück in die Realität.

»Was ist los? So schlimm?«

»Ich habe Sternchen vergessen!«

»Eure Katze?«

»Ja, so ein Mist. Sie war den ganzen Tag allein.«

Anna schweigt einen Moment und fragt schließlich: »Du musst sie füttern, oder?« Ich nicke. Und gestehe: »Ich würde viel lieber hier bei dir bleiben.«

»Dann komm doch zurück, nachdem du sie versorgt hast. Egal, um wie viel Uhr. Ich möchte … ich möchte gern mit dir einschlafen.«

Kapitel 4

Ich habe bei ihr geschlafen, neben ihr geschlafen und mit ihr geschlafen. Und bin immer noch ganz erfüllt von Glück. Gegen Mittag fahre ich zurück nach Hause, um zu duschen, Sternchen extra lange vor die Tür zu lassen und mich mental wieder auf den Alltag einzustellen. Aber was ich auch tue, immer wieder sehe ich Anna vor mir. Wie sie sich in die Bettdecke kuschelt. Nackt durch die Wohnung läuft. Lachend den Kopf in den Nacken wirft. Es fällt mir schwer, ihren Geruch von meinem Körper zu waschen. Ich bilde mir ein, dass mein Schal noch nach ihr riecht, obwohl er die ganze Zeit nur im Flur hing. Immer wieder schnuppere ich heimlich daran.

Erst gegen Abend kommen Peter und die Kinder zurück. Sie sehen müde aus. Ich nehme meine Kinder in den Arm und küsse sie fest.

»Hey, Mama«, protestiert Laura lautstark, »du erdrückst mich ja.« Aber sie lächelt dabei. Offensichtlich hat sie mich vermisst.

»Hallo, Schatz«, sagt Peter und küsst mich auf den Mund. »Hat dir das Wochenende gutgetan?«

»Ja.«

»Du siehst auch sehr erholt aus.«

»Danke. Und wie war's bei euch? Hattet ihr viel Schnee?«

»Und wie!«, sagt Laura. »Wir sind sogar eine schwarze Piste gefahren!«

»Eine schwarze Piste?« Ich reiße die Augen auf. »Etwa alle zusammen?«

»Ja, zweimal«, antwortet Peter. »Jonas hat richtig toll mitgehalten. Er fährt immer besser.« Dabei streichelt er seinem Sohn über den Kopf.

»Mensch, das ist ja irre«, sage ich zu Jonas. »Ich bin mit neun Jahren noch keine schwarze Piste gefahren.«

»Ich werde ja auch bald zehn«, erwidert er bloß. Ja, das stimmt wohl. Und er sieht tatsächlich auch langsam aus wie ein zehnjähriger Junge. Ich mustere ihn mit gemischten Gefühlen.

»Wie war's mit Carsten?«, frage ich beiläufig, als ich Peter beim Auspacken helfe.

»Ganz okay. Er ist sein eigenes Tempo gefahren und wir haben ihn eigentlich nur mittags auf der Hütte und abends im Hotel gesehen.«

»Hat er sich wohlgefühlt?«

»Ach, du kennst doch Carsten. Der ist überall in seinem Element. Dass seine Freundin nicht dabei war, hat er mit Humor genommen.« Ich atme auf. »Aber ich sag dir«, fügt Peter grinsend hinzu, »diesmal hat's ihn richtig erwischt. Du glaubst gar nicht, wie oft der Name Anna gefallen ist. Ich habe ihm schon vorgeschlagen, den Beruf zu wechseln und Schriftsteller zu werden. Dann können sie den ganzen Tag gemeinsam Bücher schreiben.« Ich bemühe mich, unbefangen zu lachen.

Später bringe ich Jonas ins Bett. Er zieht die Decke bis übers Kinn, wie er es immer schon gemacht hat. Das mag ich. »Und«, frage ich ihn, »hast du Janosch schon davon erzählt?« Jonas schaut mich verständnislos an. »Na, von deinem tollen Erfolg. Er wird sich sicherlich freuen, dass du jetzt so gut Ski fährst.«

Jonas mustert mich einen Moment lang und sagt dann: »Ach, Mama, es gibt doch gar keinen Janosch. Ich bin doch kein Baby mehr.« Dann dreht er sich auf die Seite. Das Zeichen, dass er jetzt schlafen möchte.

Ich weiß nicht, warum, aber ich bin wie vor den Kopf gestoßen. Wo ist mein kleiner Junge mit der großen Fantasie hin? Der in jeder Wolke ein Tier sieht und sich beim Schnorcheln mit den Fischen unterhält? Peter wird sich freuen, wenn er das hört. Es ist egoistisch von mir, zu erwarten, dass er ewig mein Baby bleibt. Die kleine eingerollte Jungenwurst, die ich morgens mit Bananenmilch aus dem Bett locke. Und doch: Es macht mich traurig. Wir haben Jahre darauf gewartet und jetzt geht es mir zu schnell. »Wie recht du hast«, murmle ich leise und gebe ihm einen Gutenachtkuss auf die Stirn. »Schlaf gut und träum was Schönes!«

Die nächsten Wochen vergehen atemlos. Ich habe das Gefühl, dass plötzlich Abertausende Reize auf mich einströmen. Die Liebe macht empfindsam und verletzlich zugleich. Ständig schwankt meine Stimmung zwischen glücklich-überdreht und traurig-besorgt. Jede Kleinigkeit, die anders läuft als geplant, bringt mich in Rage. Ist das jetzt ein Rückfall in die Pubertät? Komme ich in die Wechseljahre? Oder bin ich einfach nur heillos überfordert?

Anna und ich versuchen uns zu sehen, wann immer es geht. Was sich als äußerst kompliziert herausstellt. Wenn ich morgens zur Arbeit fahre, sitzt dort ihr Freund, und wenn ich abends nach Hause komme, warten mein Mann und meine Kinder auf mich. Die Wochenenden sind mit Familienaktivitäten verplant und meine Freunde vernachlässige ich sowieso schon viel zu sehr. Oft sind es nur Stunden, die Anna und ich zusammen verbringen können. Hier ein Mittagessen, dort eine geopferte Yogastunde und dann mal ein Abend, den ich offiziell im Fitnessstudio verbringe. Es ist unglaublich, wie viel Akribie und Vorbereitung es braucht, das alles zu vertuschen. Ich habe mir sogar angewöhnt, zu Hause das gleiche Shampoo wie Anna zu benutzen, damit ich nicht anders rieche, wenn ich bei ihr geduscht habe.

Aber das eigentlich Schlimme ist das schlechte Gewissen. Die nagenden Schuldgefühle, wenn ich Peter einen erfundenen Termin auftische oder die enttäuschten Blicke meiner Kinder sehe, wenn ich keine Zeit für sie habe. Ständig habe ich das Gefühl, irgendetwas zu opfern. Entweder das Wohl meiner Familie oder die wenigen intimen Momente mit Anna. Wir haben seit dem ersten Wochenende keine Nacht mehr zusammen verbracht und es ist mir kaum möglich, richtig an ihrem Leben teilzuhaben. Selten habe ich mich so sehr nach einem ganz normalen Alltag gesehnt wie jetzt.

Und doch: Ich kann nicht anders. Wie schmerzhaft die Situation auch ist, nichts wäre schmerzhafter, als sie nicht mehr sehen, berühren und mit ihr lachen zu können. Ständig verspüre ich Sehnsucht und körperlichen Entzug, wenn ich sie ein paar Tage nicht treffe. Und ich weiß, dass es ihr genauso geht. Keine von uns wagt es auszusprechen, weil die realen Konsequenzen verheerend wären: Wir können nicht mehr ohneeinander.

Ich versuche, mich auf das Hier und Jetzt zu konzentrieren. Heute ist Elternsprechstunde in der Grundschule, die Klassenlehrerin von Jonas möchte mit uns reden. Da Peter einen Termin hat, gehe ich hin. Gute Gefühle verbinde ich nicht damit. Frau Huber gibt sich zwar immer viel Mühe, die schlechten Nachrichten mit einem positiven »Das wird schon!« zu verknüpfen, aber gerade das geht mir ziemlich auf die Nerven. Sie redet langsam, reißt ständig die Augen auf und neigt zu bedeutungsvollen Pausen, wenn sie etwas ihrer Meinung nach Bedeutungsvolles gesagt hat. Und das kommt oft vor.

»Hallo, Frau Huber«, sage ich, als ich das Klassenzimmer betrete.

»Grüß Gott, Frau Heinrich.« Sie sitzt an einem der Schülertische, weil sie, wie sie sagt, dann eher auf Augenhöhe ist. In Wirklichkeit sieht das ziemlich albern aus, weil zu den kleinen Schülertischen natürlich auch kleine Schülerstühle gehören. Ich setze mich und fühle mich wie eine große, dicke Barbie in einer Puppenstube.

»Wie geht es Ihnen?«, frage ich und lächle betont fröhlich und herzlich.

»Vielen Dank, mir geht es gut. Die viele Arbeit macht einem zwar ziemlich zu schaffen, aber man will ja nicht klagen.« Ja, ja. »Und wie geht es Ihnen und Ihrem Mann?«

»Oh, danke, wir können auch nicht klagen. Mein Mann hat heute einen Termin, sonst wäre er bestimmt mitgekommen.« Ganz bestimmt.

»Nun, es würde ihn sicherlich freuen, zu hören, wie sich Jonas entwickelt.« Sie macht eine bedeutungsvolle Pause und reißt die Augen auf. »Was soll ich sagen: Der Bub ist wie ausgewechselt. Er kann gut folgen, beteiligt sich am

Unterricht und ist viel aufmerksamer als früher. Die Aufgaben versteht er meist sofort und löst sie zügig und problemlos. Über alle Fächer hinweg. Seine Handschrift ist besser geworden und er lässt sich nicht mehr so schnell ablenken. Um es kurz zu machen: Jonas gehört mittlerweile zu den Klassenbesten.«

Wow. Ich bin baff. »Das freut mich«, sage ich langsam. »Wunderbar!«

»Es scheint die richtige Maßnahme gewesen zu sein, dass er die Klasse wiederholt. Vielleicht war er einfach noch nicht so weit. Gerade Buben entwickeln sich in dem Alter oft langsamer.« Wenn sie das sagt. »Bekommt Jonas Nachhilfe?«

»Hmm, ja, in gewisser Weise schon.« Ich gerate ins Trudeln. »Da mein Mann und ich viel Arbeit haben, unterstützt uns des Öfteren eine junge Studentin mit den Kindern. Vor allem bei den Hausaufgaben.«

»Ah!« Frau Huber nickt wissend und mustert mich. Was soll mir der Blick sagen? Dass die Studentin diese Aufgabe offensichtlich besser erfüllt als die eigene Mutter? Ich fühle mich verunsichert, lasse es mir aber nicht anmerken.

»Sie macht ihre Sache gut. Und Jonas scheint gerade tatsächlich einen großen Sprung zu machen. Das ist uns auch schon aufgefallen … Sehr erfreulich, dass es jetzt auch schulisch bergauf geht.«

Sechs bedeutungsvolle Pausen später ist das Gespräch beendet. Es war durchweg positiv. Wenn Jonas so weitermacht, wird er keine Probleme mehr haben und vielleicht in eineinhalb Jahren sogar aufs Gymnasium gehen können. Peter wird begeistert sein. Auch ich bin froh. Wenn auch mit einem etwas bitteren Beigeschmack: Hätte ich mehr für

Jonas' Entwicklung tun können? Hätte ich ihm die Flausen von Janosch & Co. früher ausreden sollen? War ich eine Helikoptermutter oder schlimmer: Habe ich mich zu wenig gekümmert? Als ich Peter später von meinen Zweifeln erzähle, wiegelt er ab: »Schmarrn! Überleg mal, was wir alles getan haben, um Jonas zu fördern. Er hat eben etwas länger gebraucht, na und? Dafür wird er es jetzt allen zeigen … Er ist schließlich unser Sohn«, fügt er stolz hinzu.

Kapitel 5

Änderungen kommen selten allein: Laura hat ihre erste Periode bekommen. Sie ist im Dezember zwölf geworden und eigentlich ist das in dem Alter vollkommen normal. Trotzdem überrumpelt es mich. Pubertiert hat sie vorher schon, aber jetzt wird es besonders schlimm. Gerade mit mir als Mutter scheint sie gar nichts mehr anfangen zu können. Ständig geraten wir aneinander. Wenn ihre Lieblingshose nicht pünktlich gewaschen ist, wenn ich ihr das falsche Mittel gegen ihre zart aufkeimenden Pickel mitbringe oder wenn ich einfach nur das falsche Wort zum falschen Zeitpunkt sage.

»Nimm es nicht persönlich«, sagt Peter zwinkernd, »in ein paar Jahren ist das überstanden.« Er hat gut reden. Je tiefer ich in Lauras Gunst sinke, desto wichtiger scheint seine Meinung in allen Belangen zu werden. Immer öfter wird mir Lauras Zimmertür vor der Nase zugeschlagen und nie kann ich es ihr recht machen. Wie könnte ich das nicht persönlich nehmen?

Hinzu kommen mein anstrengender Job und das zermürbende Versteckspiel. Manchmal bin ich abends so fertig, dass ich vor lauter Erschöpfung nicht schlafen kann. Ich bin schneller gereizt als früher, verfalle oft ins Grübeln und kann mich nicht konzentrieren. Meistens sind es nur die

Augenblicke mit Anna, in denen ich zur Ruhe komme und mich wirklich fallen lassen kann. Und ausgerechnet sie ist diejenige, die am meisten zurückstecken muss.

Diese Woche ist es besonders schlimm. Die halbe Abteilung ist krankgeschrieben und ich muss dafür sorgen, dass es trotzdem läuft. Im Zweifel heißt das: selber machen. Laura hat zum ersten Mal schlechte Noten mit nach Hause gebracht. Was an sich kein Thema ist – wenn es ihr nicht so egal wäre. Ihren Ehrgeiz scheint sie neuerdings in die möglichst exakte Imitation der Make-up-Looks ihrer Lieblingsstars zu stecken. Gemeinsam mit ihren Freundinnen. Als sie abends nach dem Essen plötzlich verkündet, sie müsse noch mal dringend zu Susi, sage ich »Nein«. Es ist dunkel, es ist spät und mit zwölf Jahren besucht man nach zwanzig Uhr keine Freunde mehr. Außerdem sieht sie die ja morgen in der Schule.

Peter ist nicht da und das Geschrei groß. Ganze zwei Stunden verbringe ich damit, sie von ihrem Vorhaben abzubringen und nebenbei Jonas zu beruhigen. Ihm ist seine pubertierende Schwester unheimlich. Erst als Peter vom Tennis zurückkommt und ein Machtwort spricht, herrscht Ruhe. Dann muss ich noch ein paar Sachen mit ihm klären, die Küche aufräumen, Jonas einen Gutenachtkuss geben und die Unterlagen für den nächsten Tag vorbereiten. Als ich auf mein Handy blicke, ist es 0.56 Uhr. Anna hat dreimal versucht, mich zu erreichen. Normalerweise findet sich zwischen Abendessen, Aufräumen und Kinder-ins-Bett-Bringen ein kleines Zeitfenster, in dem wir telefonieren. Heimlich natürlich. Jetzt habe ich nicht mehr die Kraft, sie zurückzurufen. Wahrscheinlich schläft sie auch schon. Ich schicke ihr eine SMS und falle ins Bett.

Als ich am nächsten Tag in die Firma komme, steht Carstens Bürotür offen. Das heißt in der Regel: Eva, ich habe eine Special Operation für dich. »Hallo, Eva, hast du kurz Zeit?« Was habe ich gesagt. »Guten Morgen.«

»Morgen, Carsten.«

»Du siehst aber müde aus.«

»Tja, ein Mann, zwei Kinder, eins davon in der Pubertät – möchtest du mehr wissen?«

»Nee, danke.« Er grinst. Mittlerweile gehen wir recht locker miteinander um. Solange klar ist, wer der Chef ist. »Hör mal, ich bräuchte mal deinen Rat als PR-Expertin. Wenn du fünf Minütchen Zeit hättest.«

»Ach, bin ich das?«

»Es geht um Anna.« Unwillkürlich versteife ich mich. »Du weißt ja, sie ist eine großartige Autorin, eine fantastische Frau, hat aber leider ein Problem: panische Angst vor Reportern.« Wie bitte? Sie ist doch selbst Journalistin. »Morgen hat sie ein Interview mit einer Kulturredakteurin. Und hat seit Tagen Befürchtungen, irgendetwas Falsches oder Dummes zu sagen.«

»Was?« Ich kann's kaum glauben. »Aber Anna ist doch die Selbstsicherheit in Person! Also, so habe ich sie zumindest in Erinnerung. Und das Buch ist toll, ich hab's auch gelesen. Wie kommt sie denn darauf?«

Carsten zuckt mit den Schultern und seufzt. »Anna ist leider nicht so selbstbewusst, wie sie auf den ersten Blick wirkt. Zumindest, wenn es um ihre eigene Arbeit geht. Sie ist fürchterlich selbstkritisch. Eine schlechte Rezension irgendeines Wichtigtuers und schon bricht die Welt zusammen. Gestern Abend hatte sie eine richtige Krise. Ich bin nach dem Tennis noch zu ihr gefahren.«

Oh nein. Wieso weiß *ich* so was nicht? Ich schlafe mit ihr, ich kenne ihre intimsten Stellen und ich habe keine Ahnung, wie verletzlich sie wirklich ist. Wahrscheinlich wollte sie gestern mit mir darüber reden. Warum sonst sollte sie mich dreimal hintereinander anrufen? Und ich hatte keine Zeit für sie, habe mir noch nicht einmal die Mühe gemacht, zurückzurufen. Stattdessen war Carsten für sie da. Der sie offenbar viel besser kennt als ich. Ich könnte heulen.

Mühsam schlucke ich den Kloß herunter. »Und wie, meinst du, kann ich ihr helfen?«

»Wir haben gestern Abend ein paar Fragen gesammelt, die Journalisten in der Regel so stellen. Sie hat sich Antworten dazu notiert, die sie geben könnte. Hat aber das Gefühl, das die alle nicht gut sind. Also, dass die eine vielleicht zu oberflächlich wirken könnte, die andere zu intim, du weißt schon ... Nun wollte ich dich fragen, ob du vielleicht einen Blick darauf werfen könntest. Im Prinzip musst du einfach nur sagen, dass alles okay ist. Vielleicht beruhigt sie das schon.«

»Klar ... natürlich. Hast du die Notizen da?«

»Ja, Moment ... hier, bitte.« Er drückt mir drei randvoll beschriebene DIN-A4-Blätter in die Hand. »Ich hoffe, du kannst ihre Schrift lesen.« Und ob ich das kann! »Danke dir, Eva!«

»Kein Problem. Sehr gern.« Als ich Carstens Büro verlasse, bin ich vollkommen niedergeschlagen.

Es ist unmöglich, mich auf meine Arbeit zu konzentrieren. Immer wieder nehme ich die Zettel mit Annas so eigener, seltsam kindlicher Handschrift in Augenschein. Viele Passagen sind durchgestrichen, überall stehen Anmerkungen, Randnotizen und Fragezeichen. Das Werk eines Menschen, der sich seiner Sache nicht sicher ist. Ich kann die Angst spüren, die zwischen den Zeilen steht. Wie gern würde ich sie jetzt in den Arm nehmen, sie küssen und ihr ins Ohr flüstern, dass alles gut ist. Die Antworten sind prima, originell und es gibt überhaupt nichts daran auszusetzen. Außer vielleicht, dass es wenig sinnvoll ist, sie für das Interview auswendig zu lernen.

In der Mittagspause halte ich es nicht mehr aus. Ich gehe zu Carsten ins Büro und bin das erste Mal ehrlich. »Die Antworten sind perfekt.«

»Sag ich doch.«

»Aber ich glaube, es steckt noch mehr hinter Annas Angst. Vielleicht sollte ich mal persönlich mit ihr reden, du weißt schon, von Frau zu Frau.«

»Meinst du? Das wäre natürlich toll.«

»Wenn du damit einverstanden bist, könnte ich jetzt gleich zu ihr fahren. In der Mittagspause. Dann wäre es erledigt.« Carsten mustert mich erstaunt. »Vorausgesetzt natürlich, Anna möchte das überhaupt und wohnt nicht am anderen Ende der Stadt«, füge ich hastig hinzu.

»Das würdest du wirklich machen?« Ich nicke. »Sie wohnt im Glockenbachviertel. Ganz nah ist das nicht, mit einer halben Stunde musst du mindestens rechnen. Aber weißt du was« – er überlegt kurz – »nimm dir doch heute Nachmittag einfach frei. Was soll's, du hast eh so viele Überstunden. Renate kann auch mal einspringen.«

Mir fällt ein Stein vom Herzen. So einfach war das jetzt? Meine Güte, wenn Carsten wüsste. »Danke«, sage ich.

»Ich habe zu danken«, erwidert er. »Ich rufe Anna kurz an und sag dir gleich Bescheid, okay?«

»Okay.«

Als Anna die Tür aufmacht, nehme ich sie in den Arm. Sie sieht übermüdet aus und fühlt sich an, als hätte sie drei Kilo abgenommen. Wir setzen uns an den Wohnzimmertisch. »Gestern war zu Hause die Hölle los«, versuche ich zu erklären. »Deshalb habe ich nicht mehr zurückgerufen.«

»Ist schon in Ordnung. Ich weiß ja, wie viel du zu tun hast. Eigentlich wollte ich dich mit meinem Kram auch gar nicht belasten.«

Das gibt mir einen Stich. »Das ist kein Kram. Und natürlich möchte ich, dass du mit mir über deine Ängste redest. Ich bin doch nicht nur … irgendjemand.«

»So schlimm ist es jetzt auch wieder nicht«, versucht sie die Sache kleinzureden. »Hoffentlich hat dich Carsten nicht verrückt gemacht.«

Ich greife nach ihrer Hand. »Anna, ich will für dich da sein.«

Sie schaut mich an und plötzlich fällt die Fassade. Es bricht förmlich aus ihr heraus. »Wie willst du das denn bitteschön machen? Zwischen der Arbeit, deinem Mann und deinen Kindern? Wie soll das gehen? Ich bin froh über jede Minute, die ich mit dir habe. Und fühle mich gleichzeitig total mies, weil ich die Zeit deiner Familie stehle. Weißt du, ich wollte nie die Geliebte von irgendwem sein. Angebote hatte ich genug. Aber mich in eine Familie zu drängen – no way! Und jetzt? Mache ich genau das. Es fühlt sich beschissen an.« Sie legt den Kopf in die Hände und weint.

Ich bin wie vor den Kopf gestoßen. Noch nie habe ich sie weinen gesehen. »Ich habe das Gefühl, dich gar nicht wirklich zu kennen«, flüstere ich – mehr zu mir selbst als zu ihr.

»Woher denn auch?«, erwidert sie heftig und wischt sich die Tränen ab. »Du kennst die Anna, die fröhlich ist, witzig, leidenschaftlich und optimistisch. Die andere Seite kennst du nicht. Die Zweifel, die Unsicherheit, die Wut, die mich manchmal packt. Wahrscheinlich würdest du mich gar nicht wollen, wenn du mich besser kennen würdest.«

»Das stimmt doch überhaupt nicht«, sage ich entsetzt.

»Es gibt Tage, die sind einfach nur grau. Wenn mir nichts einfällt, wenn ich das Gefühl habe, nicht gut zu sein, wenn … wenn ich mich alleine fühle.«

Sie putzt sich die Nase und starrt melancholisch an mir vorbei. »Wenn du schreibst, tauchst du in eine andere Welt ab, bist du wie in einem Rausch. Aber wenn du aufhörst, merkst du auf einmal, wie still es um dich herum ist. Schreiben ist eine sehr einsame Sache.«

»Bist du deshalb noch mit Carsten zusammen?«

Sie schweigt einen Moment. »Vielleicht. Carsten ist immer da. Ich weiß, du kennst ihn nur in seiner Businessrolle. Aber er ist unglaublich einfühlsam. Weißt du, was er gemacht hat, als im Netz mal jemand einen Verriss zu meinem Buch geschrieben hat? Er hat sich mit drei verschiedenen Profilen auf der Plattform angemeldet und ausführliche Gegendarstellungen verfasst. Sogar in unterschiedlichen Tonalitäten. Mir ist es nur deshalb aufgefallen, weil er in den Rezensionen dreimal den gleichen Rechtschreibfehler gemacht hat.«

»Schläfst du noch mit ihm?« Meine Stimme klingt dünn.

»Ja. Es ist okay, es macht Spaß.« Fast trotzig schaut sie mich an. »Du schläfst ja auch mit deinem Mann, oder?« Nein, nicht mehr. Aber das spielt jetzt keine Rolle. Ich spüre, wie die Tränen unbarmherzig gegen meine Netzhaut drücken.

»Liebst du ihn?« Ich bringe die Frage kaum heraus. Es schnürt mir den Hals zu.

Anna schaut mich müde an und sagt leise: »Nein, ich liebe ihn nicht. Ich liebe dich. Wahnsinnig. Das ist ja das Problem.«

»Ich liebe dich auch«, sage ich und kann die Tränen nicht mehr aufhalten. Sie fließen über mein Gesicht und tropfen auf meine Bluse. Je mehr ich versuche, sie zurückzuhalten, desto sturzbachartiger werden sie. Wann habe ich eigentlich das letzte Mal geweint? Die Müdigkeit, die Erschöpfung, die Selbstvorwürfe fordern ihren Tribut. Anna steht auf, läuft um den Tisch herum und nimmt mich in den Arm. Ich schluchze auf und vergrabe mein Gesicht an ihrem Hals. Tränen und Schnodder hinterlassen Spuren auf ihrem Shirt, aber das stört sie nicht. »Es ist gut«, sagt sie leise. »Es wird alles gut.«

Nach und nach beruhige ich mich, die Tränen versiegen. Ich putze mir die Nase und schaue Anna an: »Lass uns zusammen verreisen. Und wenn es nur ein Wochenende ist. Ich finde schon eine Möglichkeit.«

Kapitel 6

»Mama, ich muss dich um etwas bitten, das du nicht gutheißen wirst.«

»Was ist denn los, Eva?« Die Stimme meiner Mutter klingt besorgt.

Ich habe sie angerufen, weil ich mir nicht anders zu helfen wusste. Nach dem Gefühlsausbruch und der längst fälligen Aussprache haben Anna und ich beschlossen, gemeinsam in den Urlaub zu fahren. Uns endlich Zeit füreinander zu nehmen, nebeneinander einzuschlafen und miteinander aufzuwachen. Nur ein Wochenende, aber das ausschließlich für uns. Was simpel klingt, ist schwer zu realisieren. Welchen Grund sollte ich Peter nennen, ein paar Tage wegzufahren? Geschäftsreise? Würde sofort auffliegen. Ein Wochenende mit meinen Freundinnen? Die wissen von nichts, viel zu riskant. Also bleibt mir nur eines.

»Ich habe am Wochenende etwas vor. Ohne Peter und die Kinder. Es geht leider nicht anders. Kannst du … könntest du Peter sagen, dass ich bei dir bin, falls er dich anrufen sollte?«

Am anderen Ende herrscht Schweigen. Ich halte die Luft an. Schließlich räuspert sich meine Mutter. »Also … was soll ich dazu sagen. Du bist meine Tochter, du wirst wissen, was du tust. Ich hoffe es zumindest … Von wann bis wann genau?«

»Freitagmittag bis Sonntagabend. Sag ihm einfach, ich bin spazieren oder …«

»Ja, ich weiß schon.«

»Wahrscheinlich wird er auch gar nicht anrufen. Nur für den Fall.«

»Du kannst dich auf mich verlassen.«

»Danke, Mama.«

»Sei vorsichtig, Eva, hörst du?«

»Ja.«

»Denk an die Kinder.«

Wir fliegen nach Venedig. Anna hat sich das gewünscht. Ihr Vater ist dort aufgewachsen und sie liebt die Stadt über alles. »Ich zeige dir meine Wurzeln. Und die schönste Stadt der Welt.« Venedig – ich habe gemischte Gefühle, wenn ich daran denke. Zum einen, weil ich damit Erinnerungen an Peter verknüpfe. Unsere Flitterwochen haben wir zwar in Rom verbracht, aber immerhin ist das ja auch Italien. Zum anderen, weil ich als Jugendliche schon mal dort war, kurz nach meinem dreizehnten Geburtstag. Georg hat mich mitgenommen, als er in Venedig ein Konzert hatte. Vier Tage haben wir in der berühmten Lagunenstadt verbracht, es war überwältigend. Zumindest für ein Mädchen aus der niederbayerischen Provinz. Seitdem war Venedig für mich Georgs Venedig. Und wahrscheinlich der Grund, warum ich nie wieder dorthin gereist bin. Bis jetzt.

Annas Interview ist super gelaufen. Was eigentlich nicht anders zu erwarten war. Die Redakteurin war nett und die Anfangsnervosität schnell verflogen. »Nach unserer Aussprache war ich viel entspannter«, sagt sie mir später. »Da ist mir erst klar geworden, wie sehr mich das alles belastet hat. Es ist so schön, dass wir zusammen verreisen.« Ich rede mit Peter und er hat Verständnis. Dass ich dringend mal ein gemeinsames Wochenende mit meiner Mutter brauche, mich mal um sie kümmern muss, statt sie immer nur anzublaffen. Für Gewissensbisse ist es jetzt zu spät. Zwei Wochen später steige ich mit Anna am Flughafen Venezia-Tessera aus dem Flieger.

Venedig begrüßt uns frühlingshaft. Die Nachmittagssonne taucht die Stadt in ein goldenes Licht, die Temperaturen sind mild. Das Hotel, in dem wir übernachten, ist klein, teuer und auf eine morbide Art romantisch. »Gay-friendly« war eines der Attribute, mit dem es auf Bewertungsportalen gelobt wurde. Es fühlt sich befremdlich an, auf so etwas zu achten. Aber Anna und ich sind nun mal genau das: ein lesbisches Pärchen.

Nachdem wir im Hotel eingecheckt haben, machen wir uns sofort auf den Weg. Zwei Nächte und zwei Tage liegen vor uns, Sonntag fliegen wir erst gegen Abend zurück. Wir sind aufgekratzt. Hand in Hand laufen wir einfach drauflos, schlendern durch die schmalen Gassen und genießen den Blick auf die Lagune. Ich verliebe mich auf Anhieb neu in die Stadt. Die verwinkelten Gässchen, die kleinen Hinterhöfe, die Gondolieri, die singend die verzweigten Kanäle entlangfahren. Es ist schön, sich mit Anna in dem Labyrinth aus unzähligen Brücken, verwittertem Gemäuer und sonnengetränktem Leben zu verlieren.

»Mein Vater ist auf dem Festland aufgewachsen«, erzählt sie. »Touristen kennen meistens nur das historische Zentrum der Stadt, dabei ist Venedig um einiges größer. Er kommt aus Mestre, wo inzwischen rund die Hälfte aller Venezianer leben. Aber klar, die Inseln und ihre Lagunen sind natürlich viel, viel schöner.«

»Warst du oft hier?«

»Aufgewachsen bin ich ja in Düsseldorf, wo ich mich auch immer sehr wohlgefühlt habe. Aber als ich klein war, waren wir oft hier, mein Vater hatte immer große Sehnsucht. Dadurch wurde es für mich ein bisschen wie eine zweite Heimat.«

»Hast du noch Verwandte hier?«

»Meine Oma ist vor ein paar Jahren gestorben und mein Onkel lebt heute mit seiner Familie in Rom. Und da ich hier nie richtig gewohnt habe, sind die anderen Kontakte nach und nach eingeschlafen.« Anna schweigt einen Moment und lacht dann. »Ich hatte mit siebzehn einen venezianischen Freund. Aus heutiger Sicht ziemlich harmlos, aber damals war ich schwer verliebt. Mittlerweile ist er zwei- oder dreifacher Vater und würde mich wahrscheinlich gar nicht mehr erkennen.«

Wir sind am Canal Grande angekommen und lassen den Blick über die breite Lagune schweifen. Elegante Gondeln, kleine Motorboote und tuckernde Vaporetti – der öffentliche Nahverkehr Venedigs bahnt sich gemächlich den Weg über das dunkelgrüne Wasser. Die Sonne lässt kleine Lichtscheiben darauf tanzen und erfüllt mich mit einer glücklichen Wärme.

Unvermittelt schlingt mir Anna die Arme um den Hals und flüstert mir ins Ohr: »Dieses Wochenende sind wir keine Mutter, keine Ehefrau und keine Freundin, sondern zwei Liebende in Venedig. Ti amo.« Sie küsst mich, ich erwidere ihren Kuss und wir vergessen alles andere. Die Menschen, die sich um uns herum ihren Weg bahnen, die eine oder andere anzügliche Bemerkung – all das stört uns nicht. Im Gegenteil: Es bestätigt, was wir sind. Zwei verliebte Menschen, die eng umschlungen an Venedigs Lagune stehen und sich küssen. Nicht mehr und nicht weniger.

Den Rest des Tages verbringen wir im Centro storico, flanieren in schönster Touristenmanier über die elegante Piazza San Marco und genießen den Ausblick vom Markusdom. Irgendwann spät abends stolpern wir auf unser Zimmer. Erschöpft von all den Eindrücken und angeheitert vom Rotwein, von dem wir uns vorhin zwei Gläser gegönnt haben.

Ich habe das Bedürfnis, Anna zu berühren, ihre weiche Haut unter meinen Fingern zu spüren und ihren Atem an meinem Hals. Aber als ich sie von hinten umarme, dreht sie sich um und sagt: »Stopp!« Ihre Augen funkeln herausfordernd, die Sternschnuppen tanzen.

»Warum?«

»Heute ist der internationale Tag des Kusses.«

»Ach, tatsächlich?«

»Bestimmt. Zumindest in Venedig.«

»Und das heißt?«

»Das heißt, dass wir uns heute nur mit den Lippen berühren dürfen. Hände sind tabu.«

»Oje. Ich weiß nicht, ob ich das aushalte.«

»Du musst.«

Sie macht einen kleinen Schritt zurück und knöpft sich langsam die Bluse auf. »Zieh dich aus!«, sagt sie. Leise und leidenschaftlich. Ich ziehe mir das Top über den Kopf, streife die Hose ab und alle weiteren Kleidungsstücke. Wir stehen uns nackt gegenüber, mein Atem geht schnell und flach. Wie schön sie ist. Die festen Brüste, die schlanke Silhouette, die kleine Narbe am Bauch. Blinddarm, hat sie mir beim ersten Mal erklärt. Ich spüre ein tiefes Verlangen, das mir wie eine süße Sehnsucht zwischen die Beine kriecht. Sie macht einen Schritt auf mich zu, die Anziehungskraft zwischen uns materialisiert sich. Sie lehnt sich ein kleines Stück vor und ich stöhne leise auf. Die Stellen, an denen sich unsere Körper berühren, brennen vor Lust. Ihr Herz schlägt im Takt mit meinem.

Dann beginnt sie, mich zu küssen. Meinen Mund, meine Wangen, meine Ohren, meinen Hals, mein Schlüsselbein, meine Brüste, meine Handflächen, meinen Bauch, meine Hüftknochen, meine Knie, meine Füße. Mit der Zunge fährt sie die Innenseite meiner Oberschenkel entlang und lässt sie sanft zwischen meine Beine gleiten. Wie von allein legt sich mein Kopf in den Nacken, meine Augen schließen und mein Mund öffnet sich. Ich spüre sie in mir und folge ihrem Rhythmus. Leidenschaftlich fordernd und unendlich zart zugleich. Zeit und Raum existieren nicht mehr. Als ich komme, hat alles andere an Bedeutung verloren.

Danach liegen wir noch eine Weile wach. Durch den Fensterspalt dringen die nächtlichen Geräusche der Stadt in das Zimmer. Schritte, gedämpfte Stimmen, ein Lachen, Hundegebell. Dann ist es still. Ich berühre mit den Fingerkuppen Annas Stirn, zeichne ihre Augenbrauen nach und streiche ihr eine Strähne aus dem Gesicht. »Was machen wir hier eigentlich?«, frage ich leise.

Anna schaut mich lange an, ihr Atem geht ruhig und gleichmäßig. Dann legt sie mir eine Hand auf die Wange und antwortet: »Wir perfektionieren das Chaos.«

Am nächsten Tag steht Insel-Hopping via Vaporetto auf dem Programm. Wir besuchen Burano, das mit seinen winzigen bunten Häusern, Kanälen und Brücken wie eine Miniaturversion von Venedig aussieht. Murano, eine Inselgruppe nördlich der Altstadt, ist deutlich größer und begeistert neben einer zauberhaften Uferpromenade mit filigraner Glaskunst in allen Farben und Formen. Ich würde Anna gern ein hübsches Armband schenken, traue mich aber nicht. Könnte sie es überhaupt tragen, ohne dass Carsten Verdacht schöpft? Später bereue ich, dass ich es nicht einfach trotzdem gekauft habe. »Così è la vita«, würde Anna vermutlich sagen und mich anlächeln. So ist das Leben.

»Und jetzt zeige ich dir meine Lieblingsbar«, sagt Anna, als wir gegen Abend wieder im Canal Grande anlegen. Ich bin erschöpft, aber glücklich und habe den Eindruck, dass es Anna genauso geht. So viel Zeit haben wir bisher selten miteinander verbracht. Es klappt gut. So gut, dass kein Platz für Sorgen und Gewissensbisse bleibt. »Paradiso Perduto«, das verlorene Paradies, heißt die Jazzbar, die wir schließlich betreten. Es ist sehr voll und wir haben Glück, dass gerade zwei Plätze frei werden. Erleichtert lassen wir uns auf die Stühle fallen und bestellen erst mal einen Aperitif.

Während ich den Blick über die Tische mit den lauten und lachenden Gästen schweifen lasse, beschleicht mich ein seltsames Gefühl. Die rustikale Einrichtung, die Backsteinwände, die lange Theke – all das kommt mir eigenartig vertraut vor. Ich schließe die Augen und atme die appetitanregende Mischung aus Aglio, Olio, mediterranen Kräutern und frisch frittiertem Fisch ein.

»Gleich spielt bestimmt noch eine Jazzcombo«, sagt Anna und in dem Moment fällt es mir wieder ein: »Hier war ich schon mal!«

»Ach was!«

»Doch tatsächlich, ich erkenne es wieder.«

»Wirklich? Wann? Als du mit deinem Patenonkel hier warst?« Ich habe ihr von meinem Kurztrip nach Venedig erzählt, den ich als Jugendliche mit Georg gemacht habe. Nicht besonders viel allerdings.

»Ja, genau. Wir haben an einem dieser Tische gesessen. Georg mochte die Bar sehr und hatte hier, wenn ich mich richtig erinnere, auch mal einen Auftritt.«

»Na, so ein Zufall.« Anna lächelt mich erstaunt an.

Aufgeregt fahre ich fort: »Jetzt fällt es mir wieder ein. Wir haben Fisch gegessen. Und Meeresfrüchte. Einen riesigen Teller. Georg hat einen Wein dazu getrunken, ich eine Limonade.«

Anna lacht. »Dann sollten wir das jetzt wohl auch tun. Aber vielleicht ohne die Limonade.« Sie winkt dem Kellner zu und gibt eine Bestellung auf. Ich mag es, wenn sie Italienisch spricht. Sie hat mir zwar erklärt, dass sie für Italiener einen sehr deutschen Akzent hat, aber in meinen Ohren hört es sich wunderbar authentisch an.

Sie greift nach meiner Hand, als der Kellner wieder gegangen ist. »Dein Patenonkel ist Musiker, nicht wahr? Wundert mich nicht, dass er sich hier wohlgefühlt hat.«

»Ja, Georg war Pianist. Er war öfter hier und kannte eine Menge Leute. Ich fand es schön, aber auch ganz schön einschüchternd. Ich meine, ich war dreizehn ...«

»Siehst du ihn manchmal?«

»Nein. Wir haben keinen Kontakt mehr.«

»Warum nicht?« Eine Weile starre ich einen imaginären Punkt an der Wand an. Dann erzähle ich ihr alles. Von der Scheidung meiner Eltern, von Georgs Fürsorge, von seinem plötzlichen Verschwinden und von seiner Krebserkrankung. »Du warst sicherlich ganz schön enttäuscht damals«, sagt Anna schließlich. Ich nicke. »Hast du nie daran gedacht, dich mit ihm zu versöhnen?« Ich schüttle den Kopf und starre schweigend ins Leere.

»Ich konnte ihm nicht verzeihen«, sage ich schließlich. »Es war, als hätte er mich meiner Träume beraubt. Erst wurde ich von meinem Vater verlassen, dann von ihm. Und die zweite Trennung war die weitaus schlimmere. Ich dachte damals, es läge an mir. Ich wäre es einfach nicht wert, dass man meinetwegen bliebe.«

Zärtlich streichelt Anna meine Hand und mustert mich eine Weile. »Fang wieder an, Klavier zu spielen«, sagt sie unvermittelt. »Nur für dich.«

»Meinst du?«

»Ja.«

»Wahrscheinlich habe ich alles verlernt. Besonders talentiert war ich noch nie.« Anna lässt meine Hand los und holt einen Stift aus ihrer Tasche. Dann faltet sie eine Serviette auseinander und schreibt etwas hinein. Wortlos schiebt sie mir das Werk über den Tisch. Auf der Serviette steht:

Ich liebe dich mit einer Zärtlichkeit
Ich liebe dich mit einer Kraft
Ich liebe dich mit einer Gewissheit
Die ich nur für dich empfinden kann.

Ihr Blick, die Erinnerungen an Georg, das Gefühlschaos in mir drin, es überfordert mich. Langsam rollen mir die Tränen über die Wange. Ich putze mir die Nase und greife nach dem Stift, den Anna neben sich gelegt hat. Langsam schreibe ich darunter: Ich liebe dich mit einer Bedingungslosigkeit, die mich hilflos macht.

Kapitel 7

Je höher der Flug, desto tiefer der Fall. Unser Aufprall in der Realität sollte besonders hart werden.

Anna und ich sind erschöpft, als wir Sonntagabend in München ankommen. Wir holen unsere Koffer vom Laufband und nehmen die nächste S-Bahn. Anna fährt bis in die Stadt, ich bis zum Hauptbahnhof, um von dort eine andere S-Bahn und dann ein Taxi nach Hause zu nehmen. Peter habe ich erklärt, ich wolle diesmal mit der Bahn zu meiner Mutter fahren, das Autofahren sei mir zu anstrengend. Gern hätte ich aus Venedig eine kleine Erinnerung mitgenommen, aber das ist natürlich viel zu riskant. Peter wird mir zwar kaum über die Schulter schauen, wenn ich den Koffer auspacke, aber man weiß ja nie. Das Ticket habe ich gleich am Flughafen in den Müll geworfen.

Wir lassen uns auf die S-Bahn-Sitze sinken und Anna lächelt mich noch einmal an, bevor ihr die Augen zufallen. Es fällt mir schwer, sie nicht mehr selbstverständlich zu berühren und zu umarmen. Automatisch möchte ich nach ihrer Hand greifen, aber die vertraute Umgebung hemmt mich. Ich betrachte die Frau, die ich liebe. Sie sitzt mir gegenüber, hat den Kopf angelehnt und die Augen geschlossen. In Gedanken liebkose ich ihre Schläfen, küsse die kleinen Fältchen in ihren Augenwinkeln und die Ader auf ihrer

Stirn, die kaum zu erkennen ist. Erst wenn sie sich ärgert, freut oder erregt ist, wird sie sichtbar. Das vielleicht Sinnlichste, was ich je gesehen habe.

Draußen ist es dunkel und ihr Gesicht spiegelt sich im Fenster. Wie in ihrem Buch. Ob sie angekommen ist auf ihrer Reise? Bei mir?

»Na, das ist ja eine Überraschung!«

Die schrille Stimme kenne ich. Anna schlägt die Augen auf und ich fahre herum. Beatrice steht vor uns. Ausgerechnet Beatrice. »Kaum fährt man einmal mit den Öffentlichen, schon trifft man bekannte Gesichter!« Ehrlich überrascht mustert sie erst mich und dann Anna. »Bist du nicht … die Freundin von Evas Chef?« Ich bin wie gelähmt, aber Anna reagiert sofort.

»Ja, genau, die Freundin von Carsten. Und du bist …?«

»Beatrice.«

»Ah, ja, Beatrice. Wir haben uns Silvester so schön unterhalten. Toll, dich hier zu treffen! Wie geht es dir denn?«

»Ganz gut, aber …«

»Warst du etwa auch am Flughafen?« Ich durchschaue Annas Taktik. Reden, bis Beatrice vergisst, was sie eigentlich fragen wollte. Aber leider unterschätzt sie Beatrice' Sensationslust und ihren untrüglichen Instinkt für Skandale. Sie lässt sich neben Anna auf den Sitz fallen.

»Ich war bei meiner Cousine in Freising. Und dachte, ich fahre mal ausnahmsweise mit der S-Bahn … Da schau her!« Sie lässt den Blick von Anna über die Koffer zu mir wandern. Ihre Überraschung weicht einem ungläubigen Staunen und schließlich einem breiten Grinsen. »Ihr wart also am Flughafen.«

»Ja«, plappert Anna weiter. »Genau genommen haben wir uns dort getroffen. Lustig, nicht wahr? Ich komme gerade von einer Lesung in Berlin. Und Eva war auf Geschäftsreise.«

»Auf Geschäftsreise?« Beatrice schaut mich ungläubig an. Zum Glück übernimmt Anna meinen Part.

»Ach, du glaubst nicht, wie Carsten ist. Kaum wittert er irgendwo ein Geschäft, muss er auch schon dorthin. Egal, wann. Diesmal hat er Eva geschickt, weil er selbst keine Zeit hatte. Tja, gut, dass man sich auf seine Mitarbeiterinnen verlassen kann, nicht wahr?«

Sie redet sich um Kopf und Kragen. Aber ich ahne, dass es längst zu spät ist. Beatrice hat sich zurückgelehnt und grinst mich an. Wissend, triumphierend und falsch wie eine Schlange. Am liebsten würde ich ihr den Hals umdrehen. Irgendwann unterbricht sie Annas Redestrom. »Oh, hier muss ich raus. Nicht, dass ich noch die Haltestelle verpasse.« Sie erhebt sich und lächelt zum Abschied. »Schön, euch getroffen zu haben. Grüß Peter von mir, Eva. Und erholt euch gut! So ein Wochenende in Venedig ist ja bestimmt anstrengend.« Sie dreht sich um und steigt aus dem Waggon. Entgeistert starren wir ihr hinterher.

»Scheiße«, murmelt Anna und reißt die Gepäckaufkleber von unseren Koffern. Ausgerechnet die hatten wir vergessen. Und sie sind Beatrices Adleraugen natürlich nicht entgangen.

Ich lasse den Kopf in die Hände sinken. »Das war's dann also.« Wann sie es wohl Elena erzählt? Heute noch? Und wie lange wird es dauern, bis Peter Wind davon bekommt?

»Hey, hey, hey!«, sagt Anna eindringlich und legt mir eine Hand auf die Schultern. »Noch ist nichts passiert.«

»Ach nee?«

»Vielleicht hält sie ja den Mund.«

»Da kennst du Beatrice aber schlecht.«

»Außerdem, sie hat doch höchstens drei Minuten hier gesessen. Was soll sie schon gesehen haben? Nichts, was wir nicht leugnen könnten. Wer glaubt schon so einer Ziege?«

Ich erwidere nichts. Tausend Gedanken schießen mir durch den Kopf. Wie kann man nur so ein Pech haben? Es wird also auffliegen. Andererseits: Irgendwann musste das ja passieren. Aber ausgerechnet so? Wäre es besser, vorher mit Peter darüber zu reden? Was sage ich den Kindern? Anna setzt sich neben mich und legt mir den Arm um die Schulter. »Eva … Schatz«, sagt sie eindringlich. »Wir lassen uns dieses wunderschöne Wochenende nicht ruinieren, okay? Passiert ist passiert und es bringt nichts, sich darüber jetzt Gedanken zu machen. Wenn jemand davon erfährt, wird mir schon was einfallen, okay?« Ich nicke langsam. »Mach dir bitte keinen Kopf.« Sie drückt mich fester und flüstert mir ins Ohr: »Ti amo.« Ich nicke noch einmal.

Passiert ist passiert. Als ich zu Hause ankomme, sehe ich nicht mehr aus wie eine Frau, die gerade von einem Liebeswochenende aus Venedig zurückkehrt. Es hat also auch sein Gutes. Peter erzähle ich nur das Nötigste von dem vermeintlichen Besuch bei meiner Mutter. Die ausführliche Story, die ich mir vorher zurechtgelegt habe, kommt mir plötzlich sinnlos vor. Wozu, wenn er morgen oder übermorgen sowieso alles erfährt? Im Gegensatz zu Anna glaube ich nicht, dass sich Beatrice zurückhalten wird.

Aber der nächste Tag kommt, der übernächste und die Tage darauf. Alles geht seinen gewohnten Gang. Keine neugierigen SMS, keine misstrauischen Blicke, kein Weltzusammenbruch. Bei unserer Yogastunde, an der ich diese Woche ausnahmsweise mal wieder teilnehme, verhält sich Elena vollkommen normal. Sie schiebt mittlerweile eine runde Kugel vor sich her, lacht viel und sieht glücklich aus. Die nächste Woche bricht an und ich atme insgeheim auf. Kann das wirklich sein? Sollte ich mich so in Beatrice getäuscht haben?

Dann komme ich Dienstagabend heim. Peters Wagen steht in der Garage, er ist also nicht beim Tennis. Vielleicht muss er noch etwas arbeiten, vielleicht hat Carsten keine Zeit, vielleicht ist der Grund aber auch ein anderer … Die Angst kriecht mir in den Nacken. Ich schließe die Tür auf, ziehe meine Schuhe aus, hänge meine Jacke auf und lege die Schlüssel auf das kleine Schränkchen. Roboterartig. Dann gehe ich ins Wohnzimmer. Peter sitzt dort im Halbdunkel, vor sich eine Cognacflasche. Jetzt ist es also so weit. Mir ist schwindelig, meine Hände sind eiskalt. Langsam lasse ich mich auf den Sessel sinken.

»Eva«, sagt er leise und streift sich mit der Hand übers Gesicht. »Ich muss dir leider etwas Schlimmes mitteilen.« Ich schließe die Augen. »Elena hat am Sonntag ihr Baby verloren. Sie hatte eine Fehlgeburt.« Ich reiße die Augen wieder auf.

»Was?«

»Christoph hat vorhin angerufen. Die Wehen haben plötzlich und viel zu früh eingesetzt. Der Fötus war bereits tot, als er auf die Welt gekommen ist.«

»Oh, mein Gott …«

»Ja, es ist schlimm. Elena stand danach unter Schock und musste im Krankenhaus bleiben.«

Entsetzt starre ich ihn an. »Ich kann es … ich kann es nicht glauben. Wir waren doch vor ein paar Tagen noch beim Yoga. Sie war so glücklich und gesund.«

»Die Ärzte können nicht sagen, woran es genau lag. Vielleicht das Alter.«

»Das ist so schrecklich! Kann man sie besuchen?«

»Sonst hätte Christoph wahrscheinlich nicht angerufen. Aber vielleicht solltest du sie allein besuchen. Ich glaube, ich wäre da fehl am Platz.«

»Das sollte ich tun …«

Ich kann es gar nicht wirklich glauben. Es ist schrecklich. Elena tut mir wahnsinnig leid. Ich fühle mich schlecht und irgendwie auch schuldig. Schuldig, dass ich ihr seit Monaten etwas vormache. Schuldig, dass ich im Gegensatz zu ihr zwei wundervolle, gesunde Kinder habe. Aber vor allem deshalb schuldig, weil ich gerade dabei bin, dieses große Glück aufs Spiel zu setzen. Für eine geradezu pubertäre Liebelei, die in ihren Augen fürchterlich egoistisch wirken muss. Was sind schon ein paar Stunden Leidenschaft gegen eine harmonische und über Jahre gewachsene Beziehung? Wie könnte mein persönliches Glück wichtiger sein als das meiner Familie? Elena müsste mich hassen. Vielleicht tut sie es sogar. Wer weiß, vielleicht hat Beatrice es ihr doch erzählt. Und Elena hat es nur aus der Loyalität einer alten Freundschaft heraus für sich behalten. Ob sie geschockt war? Ob ich mitverantwortlich bin für ihre Fehlgeburt? Die schlimmsten Szenarien spielen sich vor meinem inneren Auge ab. Vor lauter Scham lasse ich den nächsten Tag verstreichen, ohne sie zu besuchen. Erst am Donnerstag zwinge ich mich endlich ins Krankenhaus.

Kapitel 8

Ich laufe die langen Krankenhausflure entlang. Meine Sohlen quietschen auf dem blank geputzten Boden. Da hinten, ein Flur weiter, dort muss ihr Zimmer sein. Als ich um die Ecke biege, steht auf einmal Beatrice vor mir. Erschrocken mache ich einen Schritt rückwärts. Wir starren uns eine Weile an, bis sie mit spitzer Stimme sagt: »Du bist also auch schon da, Eva. Wie nett von dir!«

»Wie geht es ihr?«

»Das wirst du ja gleich sehen. Schlecht, wie du dir sicherlich vorstellen kannst.«

»Meinst du … sie will mich überhaupt sehen?«

»Wieso sollte sie dich nicht sehen wollen?«

»Na ja, hast du ihr vielleicht etwas erzählt? Von unserem Treffen in der S-Bahn?«

Beatrice versteht, was ich sagen will, und wird rot vor Wut. »Wie kann man nur so egoistisch sein«, zischt sie zornig. »Meinst du wirklich, die ganze Welt dreht sich nur um dich? Wenn du dein Glück wegschmeißen willst, bitte schön, deine Sache. Aber lass Elena mit dem Schmarrn in Ruhe, ja? Deine Affären sind wirklich das Letzte, was sie jetzt gebrauchen kann …« Dann läuft sie an mir vorbei und lässt mich stehen.

Ich brauche einen Moment, um mich zu sammeln, und

warte, bis das Klackern ihrer Absätze in der Ferne verhallt. Beatrice hat also nichts erzählt. Und wird es auch nicht tun. Wie kann ich mich nur so in ihr getäuscht haben? Plötzlich verstehe ich, warum Elena so gut mit ihr befreundet ist.

Mit der Erleichterung kommen die Gewissensbisse. Ich elende Memme! Habe zwei Tage verstreichen lassen, weil ich einfach zu feige war. Entschlossen mache ich mich auf den Weg zu Elenas Zimmer. Das wird nicht wieder vorkommen, verspreche ich ihr in Gedanken.

Meine alte junge Freundin liegt auf der Seite und starrt aus dem Fenster. Als ich näher komme, dreht sie sich langsam auf den Rücken und versucht zu lächeln. »Hallo, Eva, schön, dass du gekommen bist.« Ich setze mich auf den Stuhl, der neben ihrem Bett steht. Auf dem Tischchen am Kopfende steht ein Strauß Blumen. Er wirkt verloren in dem sterilen Ambiente und macht die Szenerie noch trauriger, als sie ohnehin schon ist. Ich bin froh, dass ich keine mitgebracht habe.

»Hallo, Elena«, sage ich leise. »Es tut mir leid, dass ich jetzt erst komme. Irgendwie … musste ich das Ganze selbst erst mal verarbeiten.«

»Ist schon okay. Jetzt bist du ja da. Anfangs wollte ich sowieso niemanden sehen.« Wir schweigen. Sie hat tiefe Ringe unter den Augen, eingefallene Wangen und einen Zug um den Mund, der gänzlich neu ist. Trauer? Verbitterung? Ich fühle mich hilflos.

»Möchtest du darüber reden?«, frage ich vorsichtig.

»Sollte ich wohl. Die Ärztin meinte, das könnte wichtig sein für die Genesung. Ich frage mich nur, was da genesen soll. Meine Psyche? Meine Gebärmutter ja wohl kaum.«

Jetzt weiß ich, was sich an ihr verändert hat. Sie ist zynisch geworden. Ich habe einen Kloß im Hals.

»Wie ist es passiert?«, frage ich heiser.

»Christoph und ich haben am Sonntag lange geschlafen und dann ganz gemütlich gefrühstückt. Danach wollten wir einen kleinen Spaziergang machen, das Wetter war schließlich traumhaft. Und dann habe ich plötzlich diese Schmerzen bekommen. Wahnsinnige Schmerzen. Ich wusste sofort, dass etwas nicht stimmt. Christoph hat mich ins Auto getragen und sofort ins Krankenhaus gefahren. Ich habe die ganze Rückbank vollgeblutet. Als mich die Ärzte in den OP gebracht haben, war es schon zu spät.«

Elena schweigt und presst die Lippen aufeinander. Ich versuche, sie zu unterdrücken, aber mir laufen die Tränen über die Wange. Möglichst unauffällig suche ich nach einem Taschentuch. »Ist schon okay«, sagt Elena und zeigt auf die Packung Taschentücher. »Dann fühle ich mich wenigstens nicht so allein mit meiner Trauer.«

Ich putze mir die Nase und sage schließlich: »Das tut mir so … unendlich leid. Ich habe mich so sehr mit dir gefreut. Wenn ich dir doch nur helfen könnte.«

»Das kann keiner. Als mir die Ärzte mitgeteilt haben, dass ich eine Totgeburt hatte, wäre ich am liebsten aus dem Fenster gesprungen. Es war, als wäre mir nicht nur mein Kind, sondern auch mein Herz herausgerissen worden.« Sie starrt an die Decke. »Jetzt geht es wieder«, fährt sie fort. »Schon allein wegen Christoph. Er ist untröstlich und macht sich die ganze Zeit Vorwürfe. Ob er zu langsam gehandelt hat. Warum er nicht schneller gefahren ist. Aber er kann nichts dafür. Das Baby war schon vorher nicht mehr am Leben.«

Vorsichtig lege ich ihr eine Hand auf den Arm. »Es wäre ein Junge geworden«, sagt sie leise. »Wir hatten schon einen Namen für ihn: Raffael.« Elena versagt die Stimme. Sie weint – lautlos. Ich reiche ihr ein Taschentuch und streiche ihr über die Haare.

»Ich bin für dich da. Jederzeit, wann immer du mich brauchst. Okay?« Elena nickt.

Als ich abends nach Hause komme, nimmt mich Peter in den Arm. Ich weine hemmungslos. Wie kann das Leben nur so ungerecht sein? Die Kinder wissen von nichts, aber sie spüren, dass etwas nicht in Ordnung ist. Sogar Laura lässt ihre üblichen Zickereien, hilft mir beim Abräumen und geht pünktlich ins Bett. Vorher umarmt sie mich noch. »Ich hab dich lieb, Mama.« Das hat sie seit mindestens einem halben Jahr nicht mehr gesagt.

»Ich dich auch, mein Schatz.« Ich drücke sie fest.

Danach gebe ich Jonas einen Gutenachtkuss. Er schläft sofort ein. Eine Weile sitze ich noch auf seiner Bettkante und beobachte mein schlafendes Kind. Wie sehr ich ihn und Laura liebe. Es würde mir das Herz herausreißen, wenn ihnen etwas passieren würde. Genauso, wie Elena es beschrieben hat. Kinder sind vielleicht das größte Geschenk, aber Kinder bereiten auch die größten Schmerzen. Ihr Glück ist mein Glück, ihr Unglück ebenso. Ich schaffe es nicht, zwischen ihnen und mir zu differenzieren. Manchmal wünsche ich mir, Laura und Jonas wären meine Kinder, aber ich nicht ihre Mutter.

In dieser Nacht schlafe ich wieder mit Peter. Ich habe das Gefühl, ich bin es ihm schuldig

Kapitel 9

In den nächsten Wochen konzentriere ich mich neben der Arbeit vor allem auf meine Familie. Und auf Elena. Ich befürchte, dass sie nie wieder ganz die Alte wird, aber immerhin geht es ihr besser. Wir gehen zusammen zum Yoga, ins Kino und treffen uns mit den anderen im Café. Anna sehe ich dafür seltener. Aber sie hat Verständnis. Zumindest sagt sie das. Die wenigen Male, an denen wir uns treffen, geben wir uns so unbeschwert und leidenschaftlich wie eh und je. Wir reden nicht darüber, aber wir sind an einen Punkt gekommen, an dem wir beide nicht wissen, wie es weitergehen soll. Festgefahren.

Was nicht daran liegt, dass ich sie weniger begehre. Im Gegenteil. Je weiter ich mich von ihr entferne, desto mehr zieht es mich zu ihr hin. Ich hoffe, dass die Sehnsucht irgendwann weniger wird, aber das ist nicht der Fall. Es tut weh und manchmal nimmt es mir sogar die Luft, wenn ich weiß, dass ich sie nicht bei mir haben kann. Ich schlafe abends mit dem Gedanken an sie ein und wache morgens mit ihrem Gesicht vor Augen wieder auf. Ich spüre Annas Lippen auf meinen, wenn Peter mich küsst, und ihre Hände, wenn er mich berührt. Wie gern hätte ich ein Foto von ihr, das ich ab und zu anschauen kann. Wie sie gedankenversunken am Canal Grande entlangschlendert oder lachend den Kopf in den Nacken wirft. Aber Fotos haben wir sicherheitshalber nicht gemacht. Venedig ist wie ein ferner schöner Traum. Surreal und unerreichbar.

Dafür halten mich die Kinder auf Trab. Laura verändert sich zurzeit sehr. Ich kann mich kaum noch an das kleine dünne Mädchen erinnern, das sie noch vor einem Jahr war. Sie ist gewachsen, hat Brüste bekommen und verbringt Stunden vor dem Spiegel. Jungs werden ein Thema. Das sie natürlich ausschließlich mit ihren Freundinnen bespricht. Was wissen schon Mütter davon? Den Brief an Herrn Schneider scheint es nie gegeben zu haben. Ihr Biolehrer ist sogar ziemlich out, denn er hat ihr vor Kurzem eine Vier gegeben. Mit viel gutem Willen, wie ich feststelle, als ich mir die Arbeit anschaue. Für die paar achtlos hingerotzten Zeilen hätte Laura eigentlich eine Fünf verdient.

Dann bringt sie ihren ersten Freund mit nach Hause. Mir kräuseln sich die Fingernägel, als der für sein Alter viel zu große Junge mit den riesigen Pranken und dem dümmlichen Gesichtsausdruck plötzlich in unserem Flur steht: Emil. Der Idiot. Wie Laura selbst noch vor ein paar Monaten gesagt hat. Jetzt will sie davon nichts mehr wissen. Emil ist der Älteste in ihrer Klasse und hat als Einziger den Stimmbruch bereits hinter sich. Kein Wunder, er ist ja auch nicht zum ersten Mal in der Sechsten. Später eingeschult und dann auch noch sitzen geblieben. Allerdings die einzige Gemeinsamkeit, die er mit Jonas hat.

Ich muss mich überwinden, ihm freundlich die Hand zu geben. »Hallo, bist du nicht Emil? Ich kenne deinen Vater vom Elternabend.« Der sieht genauso dämlich aus wie du. Laura wirft mir einen genervten Blick zu. Wahrscheinlich habe ich gerade wieder etwas extrem Uncooles gesagt.

»Wir gehen auf mein Zimmer«, sagt sie und zieht Emil hinter sich her. Das gefällt mir überhaupt nicht.

»Um acht Uhr gibt es Abendessen«, rufe ich ihr hinterher. Als ob sie das nicht wüsste. »Vorher sollte Emil dann vielleicht wieder gehen. Seine Eltern warten bestimmt.« Anstelle einer Antwort knallt Laura die Tür hinter sich zu.

Als Peter eine Stunde später kommt, bin ich auf hundertachtzig. Und besorgt. Laura oder Emil haben sich nicht einmal blicken lassen und aus ihrem Zimmer ist kein Mucks zu hören. Außer Musik. Das habe ich zufällig mitbekommen, als ich an ihrer Zimmertür vorbeigelaufen bin. Viermal. Peter nimmt's gelassen. »Ach, komm, sie ist doch erst zwölf. Was soll denn da passieren?«

»Zwölf, aber kein Kind mehr, falls du das noch nicht mitbekommen haben solltest. Und dieser Emil ist vierzehn. Und sieht aus wie fünfzehn. Wie soll ich mir da keine Gedanken machen?«

»Na schön, ich geh mal nachschauen.«

»Ich bringe Emil jetzt nach Hause«, sagt Peter laut, als er die Treppe herunterkommt. Und leise zu mir: »Sie haben Computer gespielt, mehr nicht.« Er grinst und nickt mir aufmunternd zu. »Na komm, Emil«, sagt er wieder laut, »dann können wir uns während der Fahrt ja richtig schön unterhalten.« Mit dem Jungen im Schlepptau verlässt er das Haus.

Laura kommt in die Küche. »Wann gibt's Essen?«

»Wenn Papa wieder da ist.« Laura öffnet den Kühlschrank und inspiziert den Inhalt. »Hab eh keinen Hunger.«

»Der kommt schon noch.« Sie nimmt sich einen Schokopudding aus dem Kühlschrank, obwohl sie weiß, dass sie kurz vorm Abendbrot nichts Süßes essen soll. Oder vielleicht genau deshalb.

»Ist dieser Emil dein Freund?«

»Mama …«

»Fragen darf ich doch wohl noch. Du bist schließlich erst zwölf. Und vor einem halben Jahr fandst du ihn noch ziemlich doof.« Laura rollt mit den Augen. »Du weißt schon, dass du … vorsichtig sein solltest. Ich meine, wenn du Fragen hast …«

»Mama, bitte!« Genervt schaut mich meine Tochter an. »Das ist wirklich peinlich … Du bist sooo peinlich!«

Mit den Worten verlässt sie die Küche. In den Augen meiner Tochter bin ich also peinlich. Keine neue Erkenntnis. Peter nimmt das alles gelassen. »Der Junge ist harmlos«, sagt er mir später. »Wir haben uns über Autos und Fußball unterhalten, das Übliche eben.«

»Hast du ihm ein bisschen auf den Zahn gefühlt?«

»Ach, komm. Hätte ich ihm drohen sollen? Der besorgte Vater, der sein kleines Prinzesschen beschützt?«

»Nein, natürlich nicht. Aber du hättest ihn vielleicht ein bisschen einschüchtern können. Ganz subtil.«

»Und dann Krach mit seinen Eltern haben oder schlimmer noch mit Laura? Eltern müssen nicht alles verstehen. Und wir waren doch auch mal jung.«

»Dann muss ich ihn wohl das nächste Mal selbst nach Hause bringen.«

»Eigentlich können wir doch froh sein. Immerhin hat sich damit die Sache mit dem Lehrer erledigt.«

Wahrscheinlich hat er recht. Eigentlich sollte ich froh sein.

Auf der Arbeit ist wie immer viel zu tun. An sich wäre das kein großes Problem, wenn ich mich nicht ständig davor hüten müsste, versehentlich Schwäche zu zeigen. Seit unserer Unterredung vor ein paar Monaten hält Gunnar zwar die Füße still, scheint aber nur darauf zu warten, dass mir irgendwo ein Fehler unterläuft. Manchmal wünsche ich mir, Carsten hätte ihn damals einfach gefeuert. Carsten selbst ist momentan exorbitant gut drauf. »Ich bin hier, um gute Arbeitslaune zu verbreiten«, ist zu seinem Lieblingsspruch geworden. Ständig pfeift er vor sich hin. Er geht mir auf die Nerven. Zumal ich mich jedes Mal, wenn ihm aus heiterem Himmel ein Lächeln über die Lippen huscht, frage, ob es etwas mit Anna zu tun hat. Sie scheint ihn glücklich zu machen. Und das macht wiederum mich eifersüchtig.

Irgendwann nimmt er mich zur Seite. »Anna hat in zwei Wochen Geburtstag.« Ich weiß. Sie wird neununddreißig. »Und ich will ihr eine ganz besondere Überraschung machen.« Oh je.

»Das klingt ja schön. Was denn?«

»Eine große Feier mit allen ihren Freunden und Bekannten. Auch ein paar von denen, die bei euch auf der Silvesterparty waren. Je größer, desto besser.«

»Willst du zu Hause feiern?«

»Ja, mein Garten müsste reichen. Und wenn's kalt werden sollte, gehen wir eben in die gute Stube.« Eine nette Untertreibung. Wir sind einmal bei ihm zu Hause vorbeigefahren. Vor einem Termin, er hatte etwas vergessen. Die kleine, feine Stadtvilla ist mir noch gut in Erinnerung. Er muss unverschämt viel Geld verdienen.

»Das hört sich toll an! Und wie praktisch, dass sie an einem Samstag Geburtstag hat.«

»Stimmt. Woher weißt du das?« Autsch. Zum Glück fällt mir auf Anhieb die passende Antwort ein.

»Na ja, es stand ja in ihrem Buch. Zahlen kann ich mir ziemlich gut merken.« Kompletter Schwachsinn, aber es erfüllt seinen Zweck. Carsten schwebt schon wieder auf Wolke sieben und grinst über beide Ohren.

»Das wird super! Der beste Geburtstag, den Anna jemals erlebt hat. Unvergesslich, ich versprech's dir.« Er zwinkert mir zu. Ich weiß nicht, was ich davon halten soll.

Eigentlich hatte ich vor, mit Anna ins Theater zu gehen und sie zum Essen einzuladen. Das kann ich jetzt wohl vergessen. Hätte ich mir auch denken können.

Kapitel 10

Der Garten ist voller Menschen, als wir bei Carsten ankommen. Glück mit dem Wetter hat er schon mal, es ist mild, geradezu warm für die Jahreszeit. Der Frühsommer lässt grüßen. Ich sehe ein paar bekannte, aber auch viele unbekannte Gesichter, sicher Freunde und Redaktionskollegen von Anna. Ihr Bekanntenkreis ist größer, als ich dachte. Aber wen wundert es, schließlich habe ich nie jemanden kennengelernt. Es ist traurig, wie isoliert man ist, wenn man ein Geheimnis verbergen muss.

Dafür bin ich jetzt umso neugieriger. Ich unterhalte mich mit Franziska, einer von Annas guten Freundinnen, wie sie mir mal erzählt hat. Allerdings nicht gut genug, um über uns Bescheid zu wissen. Sie ist wie Anna Journalistin und hat eine Festanstellung in einer Lokalredaktion im Münchner Umland. Mit großartig trockenem Humor schildert sie mir die großen und kleinen Dramen, mit denen sie tagtäglich zu tun hat. Von der Hopfenzupf-WM bis zur Springkraut-Invasion an der Isar hat sie so einiges auf Lager. Ihre Geschichten, der Champagner, die geradezu absurde Situation hier bei Carsten im Garten – ich kringle mich vor Lachen.

»Na, ihr scheint euch ja gut zu verstehen.« Anna ist neben uns aufgetaucht und mein Puls schlägt einen Takt schneller.

Alles an ihr strahlt, die Sternschnuppen tanzen. Am liebsten möchte ich sie um die Taille fassen, herumwirbeln und ihr sagen, wie unwiderstehlich sie ist. Stattdessen muss ich mich mit ein paar vielsagenden Blicken und einem Lächeln begnügen. Das Leben ist ungerecht. Ich proste ihr zu.

»Auf das schönste aller Geburtstagskinder!« Franziska merkt nichts von der leisen Ironie in meiner Bemerkung und stimmt mit ein.

»Auf dein Wohl, Anna! Zur Feier des Tages habe ich übrigens ein besonderes Geschenk für dich: ein paar meiner Pfunde, na, wie wär's? Die würden sich sicherlich gut machen auf deinen Hüften. Ich teile gern.« Franziska neigt tatsächlich ein wenig zur Fülle.

»Das ist aber selbstlos von dir«, erwidert Anna. Wir lachen.

Irgendwann gehe ich zu Peter, der mit Christoph, Elena und ein paar anderen zusammensteht. Bernd und Beatrice sind diesmal nicht dabei. Ob Anna da ihre Finger im Spiel hatte? Elena ist immer noch dünn, aber nicht mehr so blass wie vor ein paar Wochen. Sie macht wieder Scherze und lacht über die Kommentare, mit denen sich Christoph und Peter gegenseitig überbieten. Ich betrachte meinen Mann und rede mir ein: Wie gut es dir doch geht, Eva. Du kannst dich glücklich schätzen.

Plötzlich ertönt Musik und alle drehen sich um. Eine riesige Sahnetorte wird in den Garten gefahren. Was für ein Kitsch. Sie sieht fast aus wie … Ich erstarre vor Schreck. Carsten taucht hinter dem Ungetüm auf, er hält ein Mikrofon in der Hand. Herausgeputzt in einem weißen Frack. Die Musik bricht ab und er sagt: »Liebe Anna, zu deinem Geburtstag möchte ich dir eine ganz besondere Freude machen.« Mein Magen krampft sich zusammen. Anna, die sich gerade noch mit Franziska unterhalten hat, dreht sich um. Und wird schreckensbleich. Oh, mein Gott, warum habe ich das nicht kommen sehen! Anna geht langsam auf ihn zu. Bis hierher kann ich ihre zitternden Beine sehen. Carsten kniet sich vor ihr auf den Boden.

Die Sektlaune verfliegt auf einen Schlag, mir wird schlecht. Ich hätte damit rechnen und sie warnen müssen. So seltsam, wie er sich die letzte Zeit verhalten hat. Seine Kommentare. Das ständige Grinsen. Siedend heiß fällt es mir ein. Der Rat, den ich ihm ganz zu Anfang gegeben habe. Lapidar in den Raum geworfen und ganz bestimmt nicht ernst gemeint: »Mach ihr einen Heiratsantrag!« Jetzt ist es zu spät.

»Liebe Anna« – man merkt Carsten die Aufregung an – »ich wollte … ich möchte dich fragen, ob du meine Frau werden willst. Ich liebe dich.«

Ich habe das Gefühl, als ob mir jemand den Boden unter den Füßen wegzieht. Elena greift nach meinem Arm und flüstert aufgeregt: »Ist das nicht romantisch? Er macht ihr einen Antrag!« Dann schaut sie mich an. Und verstummt. Ich sehe Anna. Wie sie mit zitternden Knien vor ihm steht. Vor Aufregung, werden alle denken. Tränen laufen ihr über die Wange. Vor Rührung, werden alle denken. Jetzt muss sie antworten, ihm um den Hals fallen, küssen. »Ja, ich will« sagen. Gleich verliere ich die Balance. Gleich übergebe ich mich. So endet es also. Anna schlägt die Hände überm Gesicht zusammen, ich schließe die Augen, und sie sagt:

»Ich kann nicht.« Leise, aber unüberhörbar. Es haut mich um, Elena hält mich. Ein Applaus, der etwas zu früh angestimmt wurde, verstummt. Es ist totenstill. Alle starren sie an. Das Lächeln weicht schlagartig aus Carstens Gesicht. Er wird blass und lässt das Mikro sinken. In Zeitlupe. Stumm formen seine Lippen die Frage: »Warum nicht?«

»Es tut mir so leid«, sagt Anna mit zittriger Stimme. Nun hätte sie hinzufügen können: »Das ist mir zu früh, ich bin überwältigt, gib mir Bedenkzeit.« Das wäre rational gewesen, vernünftig, hätte Carstens Gesicht gewahrt. Aber es geht nicht mehr um Vernunft. Es geht nur noch um die ganze schmerzhafte Wahrheit. Den angestauten Frust, die Sehnsucht, das ständige Warten. Sie sagt: »Ich liebe jemand anderen.«

»Mein Gott«, flüstert Elena neben mir. Faszination schwingt in ihrer Stimme mit. So was kennt man nur aus dem Fernsehen. Ein Raunen geht durch die Menge. Anna steht in der Mitte wie eine Verurteilte vor dem Schafott. Und auf einmal weiß ich, was ich zu tun habe. Ich werde ganz ruhig. Wie von allein machen meine Füße einen Schritt vorwärts. Und noch einen. »Was machst du da?«, höre ich Peters Stimme hinter mir. Aber da stehe ich schon neben Anna, nehme ihre Hand und sage: »Ich liebe sie auch.«

Fassungslos starrt Carsten uns an, keiner sagt einen Ton. Bis plötzlich jemand hysterisch zu lachen beginnt. Elena. Carsten dreht sich um und läuft ins Haus. Peter taucht in meinem Blickfeld auf. Er sieht verstört aus. »Was soll das, Eva?«

»Es tut mir leid«, antworte ich. »Ich hätte es dir früher sagen sollen.« Peter öffnet den Mund und schließt ihn wieder, lässt den Blick ungläubig von Anna zu mir wandern und läuft schließlich hinter Carsten her. Jetzt ist es raus. Der Zeitpunkt hätte nicht schlechter sein können.

»Seit wann läuft das?« Anna, Peter, Carsten und ich sitzen in Carstens Wohnzimmer. Genau genommen sitzen Anna und ich. Peter steht stumm vor dem Fenster und starrt in die Dunkelheit, während Carsten wie ein Tiger auf und ab läuft. Er schäumt vor Wut und Enttäuschung. Ich greife nach Annas Hand, sie ist eiskalt.

»Seit Silvester«, antwortet Anna leise auf Carstens Frage.

»Seit Silvester? Seit fünf Monaten? Sagt mal, wollt ihr uns für dumm verkaufen?«

»Tut mir wirklich leid«, wiederhole ich gebetsmühlenartig.

Anna und ich sitzen auf Carstens Ledersofa. Ich fühle mich eher wie auf einer Anklagebank. Nach dem Desaster sind die Gäste schnell und diskret verschwunden. Keine Hand, kaum ein Wort, nur ein verlegenes Gemurmel. Franziska war die Einzige, die uns kurz auf die Schulter geklopft hat. Elena wurde von Christoph zum Wagen geschleift, sie hatte ihre Lachkrämpfe nicht mehr unter Kontrolle. Dann habe ich Anna umarmt und sie mich. Wir haben uns aneinander festgeklammert. »Jetzt ist es passiert«, habe ich ihr ins Ohr geflüstert. »Es musste irgendwann passieren. Wir schaffen das.«

»Danke für deinen Mut«, hat sie geantwortet. Der Mut der Verzweiflung.

»Wir haben uns ineinander verliebt«, erkläre ich. »Auf den ersten Blick. Wir konnten nichts dagegen machen.«

»Nichts dagegen machen? Oh, wie romantisch! Sagt mal, was glaubt ihr eigentlich, wo wir hier sind? In einem kitschigen Liebesroman?«

Wir antworten nichts darauf.

Carsten lässt seiner Wut freien Lauf. »Ihr habt uns für

dumm verkauft und bloßgestellt. Vor all unseren Freunden! Und ich Idiot mache dir auch noch einen Heiratsantrag!«

»Ich habe dich nicht darum gebeten«, erwidert Anna leise.

»Nein, natürlich nicht. Aber die ganze Aufmerksamkeit, die ich dir geschenkt habe, den hübschen Schmuck und die teuren Restaurantbesuche, die hast du gern genommen, stimmt's?«

»Das ist nicht wahr. Ich habe nie Geld von dir genommen. Und den Schmuck kannst du wiederhaben.«

»Danke. Den kannst du auch gleich wegschmeißen. Genau, wie du unsere Beziehung wegschmeißt.« Carsten wird unsachlich und ich werde wütend.

»Lass sie in Ruhe! Als ob ihr das leichtfallen würde.«

»Ach, ich soll sie in Ruhe lassen? Warum hast du nicht einfach deine Finger von ihr gelassen? Ehefrau und Mutter, dass ich nicht lache! Und ich bin auch noch so blöd und mache dich zu meiner Abteilungsleiterin.«

Er tritt wütend in die Luft. Dann fährt er mich an: »Was willst du eigentlich deinen Kindern sagen? Eure Mami hat sich in eine andere Frau verliebt? Ihr habt jetzt zwei Mamis? Papi muss dafür gehen?«

»Hör auf damit!«, schreit Anna ihn an. »Hör endlich auf! Glaubst du, für uns ist das einfach?« Carsten wendet sich ab und schimpft wütend vor sich hin. Irgendwann dreht er sich zu Peter um.

»Was ist eigentlich mit dir? Hast du auch irgendwas dazu zu sagen? Es ist schließlich deine Frau.« Aber Peter sagt nichts. Er steht nur schweigend am Fenster und starrt hinaus. Und das ist viel schlimmer als Carstens Tobsuchtsanfall.

Auch als wir eine halbe Stunde später ins Auto steigen, sagt er nichts. Carstens Wut ist irgendwann in Trauer umgeschlagen, wie ein Häufchen Elend ist er auf dem Sessel zusammengesunken. Er muss Anna wirklich sehr lieben. »Fahrt nach Hause und sprecht miteinander«, hat sie leise zu mir gesagt. »Hier wird es nur noch schlimmer.«

»Bist du dir sicher, dass ich dich mit ihm allein lassen kann?«

»Mach dir keine Sorgen. Dafür kenne ich Carsten wirklich gut genug. Ich rede noch kurz mit ihm, dann nehme ich mir ein Taxi.«

»Na gut. Schreibst du mir eine SMS, wenn du angekommen bist?«

»Ja.«

Peter fährt ruhig und beherrscht, zum Glück. Er hat nichts getrunken, das war so ausgemacht. Jetzt bin ich froh darüber. Man könnte meinen, er sei einfach nur etwas müde und müsste sich auf die Straße konzentrieren. Wenn da nicht dieser harte Zug um den Mund wäre. Ich habe ein schlechtes Gefühl im Magen.

Erst, als wir in die Garage fahren und Peter den Motor ausstellt, redet er wieder mit mir. »Wann hattest du vor, mir davon zu erzählen?« Seine Stimme klingt seltsam gepresst. Als ob sich etwas in ihm angestaut hat, das nur darauf wartet herauszubrechen.

»Ich weiß es nicht«, sage ich wahrheitsgemäß. Und noch bevor ich etwas hinzufügen kann, schlägt er zu. Auf die Armatur, auf das Radio, auf den Rückspiegel. Ein Knopf bricht ab, der Spiegel fliegt vor die Windschutzscheibe. Ich bin starr vor Schreck. Dann dreht er sich zu mir um und greift nach meinem Hals. »Peter, nein!« Ich sehe die vor

Wut geweiteten Augen und einen Ausdruck darin, den ich noch nie darin gesehen habe. Zum ersten Mal in meinem Leben habe ich Angst vor ihm.

Seine Halsschlagader ist angeschwollen und es kostet ihn merklich Überwindung, die Hand wieder zu lösen. Dann schlägt er auf das Lenkrad ein und schreit. »Scheiße, verdammter Scheiß. Verdammte, verfickte Scheiße.« Er dreht sich zu mir hin und schreit mir ins Gesicht: »Was hast du dir dabei gedacht? Was, verdammt?« Geschockt fange ich an zu weinen. »Bin ich dir nicht gut genug?« Ich schüttle den Kopf. »Liebst du sie?« Ich nicke. »Liebst du sie mehr als unsere Kinder?« Ich schüttle den Kopf. »Liebst du sie mehr als mich?« Ich weiß nicht, wie ich darauf reagieren soll.

»Ich habe so etwas noch nie erlebt«, flüstere ich. »Es ist einfach passiert.«

»Nichts passiert einfach so, Eva, nichts!«, brüllt er. »Wir sind alle selbst für unsere Taten verantwortlich, auch du!« Dann stößt er die Fahrertür auf, springt aus dem Wagen und knallt die Tür wieder zu. Ich bleibe sitzen. Geschockt, gedemütigt und voller Schuldgefühle.

Kapitel 11

»Kaffee?«

Die einzige SMS, die am nächsten Morgen auf meinem Handy ist. Von Elena. Ich atme auf. Wenigstens eine, die noch mit mir spricht. Wer weiß, wie viele es noch sein werden, wenn sich die Neuigkeit erst mal in unserem Freundeskreis verbreitet hat. Es war schrecklich gestern Nacht. Nach dem Wutausbruch im Auto hatte Peter sich zwar beruhigt, aber ein Gespräch war an dem Abend unmöglich. Peter, der Diplomatische, Liebevolle, Lösungsorientierte. Er hat kein Wort mehr mit mir gewechselt. Ich habe mein Bettzeug genommen und bin auf die Gästepritsche im Büro umgezogen. Geschlafen habe ich so gut wie gar nicht. Irgendwann kam eine SMS von Anna. Sie sei jetzt zu Hause und würde sich freuen, wenn ich morgen bei ihr vorbeikäme. Und dass sie mich liebe.

Jetzt ist es halb acht am Morgen. Sonntag. Warum Elena wohl schon wach ist? An Schlaf ist nicht mehr zu denken und das gemeinsame Familienfrühstück kann ich heute auch vergessen. Laura und Jonas sind sowieso nicht da, sie übernachten ja bei den Großeltern. Zum Glück. Also schreibe ich zurück: »Hast du in einer Stunde Zeit?«

»Ja. Wo?«

»Sendlinger Tor?«

»Ich werde da sein.«

»Danke.«

Ich stehe auf, verzichte auf den Morgenkaffee und springe unter die Dusche. Frische Wäsche hängt glücklicherweise auf der Wäscheleine im Keller. Dann muss ich nicht ins Schlafzimmer. Hauptsache, raus hier.

Als ich am Sendlinger Tor ankomme, steht Elena schon dort. Noch bevor ich etwas sagen kann, nimmt sie mich in den Arm und drückt mich fest. Beinahe wäre ich wieder in Tränen ausgebrochen. »Danke, dass du gekommen bist«, sage ich.

»Na, hör mal, du glaubst doch wohl nicht, dass ich dich nach dem Oscar-reifen Auftritt gestern ohne eine Erklärung davonkommen lasse. Nee, nee, meine Liebe.« Mit gespielter Entrüstung wackelt sie mit dem Zeigefinger. Ich lächle schwach. Es tut gut, dass sie so locker damit umgeht. Oder zumindest so tut. »Aber bevor du loslegst: Lass uns erst mal ein Café suchen, das um die Uhrzeit geöffnet hat. Hier draußen könnte es auf die Dauer ungemütlich werden.«

Wir finden tatsächlich ein Café, in dem gerade die Türen aufgeschlossen werden. »Servus, gibt's schon Kaffee?«, fragt Elena die junge Bedienung. Etwas unwirsch winkt sie uns herein. Wir setzen uns in die hinterste Ecke ans Fenster.

»Also?«, fragt Elena.

»Ich habe mich verliebt.«

»Das hat man wohl gemerkt. Du kamst mir schon so komisch vor, als Carsten den Antrag gemacht hat. Aber als du dann auch noch losgelaufen bist – ich habe im ersten Moment wirklich gedacht, ich hätte zu viel Sekt intus.«

»Es ging nicht anders. Ich konnte Anna da vorn nicht allein lassen. Aber dass wir uns auf diese Weise outen – mein Gott, das war wirklich nicht geplant.« Ich streiche mir müde übers Gesicht. »Ich kann dir gar nicht sagen, wie leid mir das für Peter tut.«

»Seit wann läuft das zwischen euch beiden?«

»Seit Silvester. Liebe auf den ersten Blick, schockverliebt, nenn es, wie du willst. Seitdem können wir nicht mehr ohneeinander. Wenn ich sie zwei Tage nicht sehe, habe ich das Gefühl, vor Sehnsucht platzen zu müssen. Glaub mir, so was habe ich noch nie erlebt!«

»Wie habt ihr es bloß geschafft, das so lange geheim zu halten?«

»Glück? Gute Planung? Es war wahnsinnig anstrengend. Ich kann mir wirklich nicht erklären, warum Menschen freiwillig eine Affäre haben.«

Die Bedienung kommt und stellt uns zwei Tassen Cappuccino auf den Tisch. Wir trinken einen Schluck. Die belebende Wärme tut gut. »Wir waren sogar ein Wochenende zusammen in Venedig.«

»Nicht wirklich!«

»Doch. Ich habe Peter erzählt, ich wäre bei meiner Mutter. Ist das nicht schrecklich? Ich bin sicher, dass er mich jetzt hasst.« Elena legt mir eine Hand auf den Arm.

»Niemand hasst dich. Menschen verlieben sich, das ist das Natürlichste auf der Welt. Ich bin nur ein bisschen beleidigt, dass du mir nichts erzählt hast. Deiner quasi-besten Freundin aus Unizeiten!«

»Ich konnte es dir nicht erzählen. Vor allem nicht, als die Sache mit … dem Baby passiert ist. Ich dachte, du müsstest mich verachten, dass ich das Glück meiner Familie einfach so aufs Spiel setze.«

Elena schweigt einen Moment. Dann sagt sie: »Es war schlimm und es gibt Tage, die immer noch unerträglich sind. Aber weißt du, was ich daraus gelernt habe? Dass nichts im Leben selbstverständlich oder vorhersehbar ist.« Sie trinkt einen Schluck Cappuccino und schaut mich an. »Was wirst du jetzt machen? Peter verlassen?«

»Wahrscheinlich wird er eher mich verlassen. Der Gedanke daran ist schlimm. Aber Anna aufzugeben, wäre noch sehr viel schlimmer.«

»Hast du keine Angst davor, dass die große Liebe irgendwann mal vorbei ist? Und du dann gar nichts mehr hast?«

»Nein, ich kann es mir einfach nicht vorstellen. So etwas wie mit Anna habe ich noch nie gefühlt.«

»Mensch, da werde ich ja fast ein bisschen neidisch«, sagt sie neckisch. Wird aber gleich wieder ernst. »Was ist mit deinen Kindern?«

Ich schlucke schwer. »Das ist das Allerschlimmste. Ich war selbst ein Trennungskind und möchte nicht, dass ihnen das Gleiche passiert. Aber wie soll ich das verhindern? Ich habe das Gefühl, dass ich mein persönliches Glück gegen ihres aufwiege. Mies und egoistisch.«

Elena schaut eine Weile aus dem Fenster und dann wieder mich an. »Was ist das Wichtigste, das du dir für deine Kinder wünschst im Leben? Abgesehen von Gesundheit.«

»Glück. Ich wünsche ihnen, dass sie glücklich werden.«

»Meinst du nicht, dass sich das deine Mutter auch mal für dich gewünscht hat? Was würde passieren, wenn nie jemand den Mut hätte, es auch zu sein?« Sie schaut noch einmal aus dem Fenster. »Ich habe Peter sehr gern, wie du weißt, und ich mag deine Kinder. Aber gerade deshalb finde ich, dass sie eine glückliche Mutter verdient haben.«

Ich bin froh, dass Elena da ist. Wir reden über zwei Stunden miteinander und als ich mich danach auf den Weg zu Anna mache, bin ich viel ruhiger als vorher. Auf dem Weg dorthin nehme ich frische Semmeln mit, langsam bekomme ich sogar wieder Appetit. Was eine gute Entscheidung war, denn Anna wirkt noch zarter als sonst. Wir nehmen uns in den Arm und halten uns einfach nur fest.

Ich erzähle ihr von meinem Treffen mit Elena, das Positive zuerst. »Es tut gut, solche Freunde zu haben«, sagt Anna. »Franzi hat mich heute Morgen auch schon angerufen. Ich hätte nicht gewusst, mit wem ich sonst darüber reden soll.« Wir setzen uns aufs Sofa. »Wie war es gestern noch mit Peter?«, fragt sie mich besorgt.

»Die Rückfahrt war okay. In der Garage hatte er dann einen Wutanfall.« Ich schlucke.

»Hat er dich ...?«

»Nein. Aber es hätte nicht viel gefehlt. Er hat aufs Auto eingedroschen und dabei den Rückspiegel abgebrochen. So habe ich ihn noch nie erlebt. Ich bin froh, dass die Kinder nicht da waren. Wenn sie das mitbekommen hätten ...«

Anna beugt sich vor und nimmt mich in den Arm. Mir laufen die Tränen über die Wangen. »Wie war es mit Carsten?«, frage ich schließlich. Etwas zu abrupt lässt mich Anna wieder los.

»Wir haben uns ausgesprochen«, antwortet sie und starrt dabei auf ihre Hände, die sie im Schoß vergräbt. »Also, wenn man das so nennen kann. Er weiß jetzt, dass es kein Zurück mehr gibt. Es ist aus.«

»Hat er dich noch mal angeschrien?«

»Nein. Carsten war total am Ende. Er hat sogar geweint. Und …« Unruhig knetet sie ihre Hände ineinander.

»Was und?«

Sie löst ihre Hände und schaut mir direkt in die Augen: »Ich habe noch einmal mit ihm geschlafen. Ein letztes Mal.«

»Warum?«

»Ich hatte das Gefühl, ich bin es ihm schuldig.«

»War es … war es schön?«

»Nein.« Sie starrt wieder auf ihre Hände. »Es war überhaupt nicht schön.«

Ich betrachte meine Freundin und kann weder Wut noch Eifersucht empfinden. Nur tiefes Mitgefühl. Warum haben wir bloß ständig das Gefühl, irgendjemandem etwas schuldig zu sein? Ich küsse sie sanft auf die Stirn und lege ihren Kopf auf meine Schulter. »Es ist okay«, sage ich leise und streichle ihr übers Haar. »Jetzt ist es vorbei.« Sie weint.

Als ich nach Hause komme, ist alles an mir müde. Mein Körper, mein Kopf, meine Gedanken. Nichts würde ich lieber tun, als meine Kinder in den Arm zu nehmen, Sternchen zu füttern und mich für den Rest des Tages mit einem Buch aufs Sofa zu legen. Einfach so tun, als wäre nichts passiert. Aber das geht nicht. Ich muss mit Peter reden. Und das wird nicht schön werden.

»Mama«, ruft Jonas, als ich ins Wohnzimmer komme. »Schau mal, was Opa mir geschenkt hat!« Er streckt mir ein Fernglas entgegen. Einen schönen alten Feldstecher. Dass sich die Digital Natives für so was überhaupt noch interessieren! Aber es ist ja auch Jonas.

»Toll!«, sage ich und drücke ihm einen Kuss auf die Wange. »Und was beobachtest du damit?«

»Vögel, Tiere ...«

»Nachbarn«, unterbricht Laura ihn. Sie hat sich mit einer Zeitschrift aufs Sofa gefläzt. Ich gehe zu ihr und küsse sie ebenfalls zur Begrüßung auf die Wange. Ihre Haare sehen anders aus als sonst.

»Hast du eine Dauerwelle?«

»Nee.«

»Das sieht aber so aus.«

»Ich habe Oma gefragt, ob ich ihre Lockenwickler ausprobieren kann.«

»Ah. Und, zufrieden?«

»Es sieht scheußlich aus.«

»Na ja, das würde ich jetzt nicht sagen.«

»Du hast ja auch keine Ahnung.«

Okay, das hatte ich wohl vergessen. Ich seufze und frage: »Wisst ihr, wo Papa ist?«

»In der Garage. Er muss was am Auto reparieren«, antwortet Jonas. »Ich durfte ihm nicht helfen.«

»Das nächste Mal bestimmt wieder.« Ich streichle ihm flüchtig über die Haare und gehe in den Keller, wo es einen Zugang zur Garage gibt.

»Peter?« Keine Antwort. Ich brauche einen Moment, bis sich meine Augen an das Dämmerlicht gewöhnt haben. Die Wagentür steht offen, ich höre Peter leise fluchen. Wahrscheinlich versucht er gerade, den Spiegel wieder anzubringen. Ich nähere mich der Tür und frage noch einmal vorsichtig: »Peter?«

Es vergehen ein paar Sekunden, bevor sein Kopf auftaucht. Er sieht müde aus. Die Wut scheint verflogen zu sein.

»Was willst du, Eva?«

»Wir müssen reden … Bitte.« Peter mustert mich schweigend und sagt schließlich:

»Worüber möchtest du reden? Dass du mich monatelang betrogen hast? Dass du deine Familie wegen dieser Frau im Stich lässt?«

»Peter, bitte.« Er rückt näher heran und schaut mir in die Augen.

»Nein, Eva, wir müssen nicht reden. Ich habe viel zu lange geredet. Du musst dich entscheiden. Sie oder wir!«

»Hör auf damit, bitte! Es muss doch eine Lösung geben. Schon der Kinder wegen.«

»Es gibt keine Lösung und keine Kompromisse. Es gibt nur eine Entscheidung.« Er verschwindet wieder mit dem Kopf im Auto.

Ich werde wütend und fühle mich hilflos und verzweifelt zugleich. »Und was ist, wenn ich Anna nicht verlassen möchte?«

»Dann will ich die Scheidung.«

Kapitel 12

Ich will nicht ins Büro, aber ich muss. Es käme einer Kapitulation gleich, wenn ich es nicht täte. Was auch passiert, nehme ich mir vor, ich werde auf keinen Fall in Tränen ausbrechen. Ein Vorsatz, der längst nicht mehr so selbstverständlich ist wie noch vor einem halben Jahr. Mein über Jahre hinweg sorgsam aufgebauter Schutzschild scheint sich in den letzten Wochen in Luft aufgelöst zu haben.

Zunächst ist alles wie immer. Ich ignoriere Carstens geöffnete Tür und gehe gleich ins Großraumbüro zu meinen Kolleginnen und Kollegen. Die verhalten sich, wie man sich an einem Montagmorgen eben verhält: ein gähnendes »Guten Morgen«, der obligatorische Gang zum Kaffeeautomaten und ein Aufschrei angesichts der E-Mails, die sich übers Wochenende angesammelt haben. Heute bin ich froh über diese Routine, wechsle ein paar betont fröhliche Worte mit Renate und mache mich an die Vorbereitung des Montagsmeetings. In der inständigen Hoffnung, dass Carsten Besseres zu tun hat, als daran teilzunehmen.

Den Gefallen tut er mir nicht. Mit einem übertrieben enthusiastischen Gesichtsausdruck betritt er den Konferenzraum, als ich gerade den ersten Tagespunkt anspreche. »Lass dich nicht stören«, sagt er mit jovialem Lächeln und setzt sich vor Kopf auf die andere Seite. Was mich normalerweise wenig bis gar nicht gestört hätte, bringt mich jetzt total aus dem Konzept. Ich verliere den Faden, werde rot und suche hastig nach dem Paper, das ich letzte Woche ausgedruckt habe. Renate ist so nett und schiebt es mir über den Tisch.

»Danke«, sage ich und lache unsicher. »Ich glaube, ich bin noch nicht ganz auf der Höhe.«

»Ach, das kann doch mal vorkommen«, sagt Carsten vom anderen Ende des Tisches. »Lass dich bloß nicht aus der Ruhe bringe, Eva!«

Jetzt bin ich erst recht nervös. Carsten sabotiert mich von vorn bis hinten. Angefangen mit scheinbar harmlos eingestreuten Kommentaren über anzügliche Scherze bis hin zu einer unsachlichen Pauschalkritik an meinem Führungsstil und meiner Arbeit. Innerhalb von zehn Minuten hat er den in mühsamen Überstunden erarbeiteten Projektplan in der Luft zerfetzt. Die anderen schauen unsicher von Carsten zu mir. Ich spüre Mitleid in ihren Blicken. Nur Gunnar hat ein hämisches Grinsen auf den Lippen. Er wittert seine Chance.

Schweißgebadet verlasse ich eine Stunde später das Meeting. Ich gehe zur Toilette, schließe mich dort ein und schlage die Hände übers Gesicht. Nicht weinen, bloß nicht weinen! Die Genugtuung wirst du ihm nicht bereiten. Es dauert, bis sich mein Puls beruhigt hat. Langsam atme ich ein und wieder aus. Ganz ruhig, Eva. Der kann dir gar nichts. Ich höre, wie die Tür zur Toilette geöffnet wird und eine leise Stimme fragt: »Eva?« Renate. Ich streiche mir übers Gesicht und atme noch einmal tief durch. Dann stehe ich auf und betätige die Spülung. Obwohl ich nur auf dem geschlossenen Klodeckel gesessen hatte.

»Alles in Ordnung bei dir?«, fragt sie, als ich mir die

Hände wasche und dabei Augenkontakt vermeide. Ihre Stimme klingt gar nicht sensationsheischend wie sonst, sondern ehrlich besorgt. Das macht es nur noch schlimmer.

»Schon okay«, sage ich und trockne mir die Hände ab. »Ich bin heute einfach nicht so gut drauf.«

»Ich hatte eher das Gefühl, dass der Chef nicht besonders gut drauf ist. Er hat sich unmöglich benommen.« Ich schweige. Renate legt mir eine Hand auf die Schulter. »Kann ich irgendetwas für dich tun?« Ich schüttle den Kopf. »Wenn du Hilfe bei der Projektausarbeitung brauchst, sag einfach Bescheid.«

Ich nicke. »Danke. Gut zu wissen, dass ich nicht alleine bin.«

Es hilft nichts, ich muss mit Carsten reden. Nachdem ich mich einigermaßen gefangen habe, gehe ich zu seinem Büro. Hocherhobenen Hauptes klopfe ich an. »Ja?« Carstens Stimme. Ich öffne die Tür einen Spalt und frage: »Kann ich hereinkommen?«

Carsten seufzt theatralisch. »Ist leider schlecht gerade. Komm doch nachher wieder. Oder besser morgen. Am besten mit dem neuen Paper. Da geht ja noch was, nicht wahr?« Mich packt die Wut. Ich trete in sein Büro und knalle die Tür hinter mir zu.

»Nein, Carsten, ich komme nicht morgen wieder. Wir müssen miteinander reden. Und zwar genau jetzt.«

»Hoppla, Eva.« Betont lässig lehnt er sich in seinem Alpha-Sessel zurück, verschränkt die Hände hinter seinem Kopf und mustert mich abschätzig.

Meine Hände zittern, aber das ist nun mal nicht zu ändern. Ich mache einen Schritt auf seinen Schreibtisch zu und sage mit gepresster Stimme: »Es tut mir leid, wie das alles gelaufen ist. Das habe ich dir schon gesagt und noch mal werde ich mich nicht entschuldigen.«

»Wofür denn? Dass du mit meiner Freundin gevögelt hast?« So vulgär habe ich ihn noch nie erlebt.

»Anna und ich lieben uns, finde dich damit ab.«

»Ihr liebt euch? Erzähl mir mehr!« Sein Grinsen wird breit und anzüglich.

»Lass uns in Ruhe, verstanden?«

»Sie hat eigentlich nicht den Eindruck auf mich gemacht, dass sie in Ruhe gelassen werden will. Am Samstag, nachdem ihr gefahren seid.«

»Ich weiß, dass sie mit dir geschlafen hat. Aus Mitleid, verstehst du? Aus purem Mitleid. Es war mit Sicherheit das allerletzte Mal.«

Jetzt verliert Carsten seine Beherrschung, haut auf den Tisch und zischt: »Verdammte Lesben. Weißt du, wie ich das finde? Widerlich!« Ich schweige und lasse seinen Wutausbruch über mich ergehen. »Sie hätte alles haben können, alles! Hätte nicht mehr arbeiten müssen, ihre dämlichen Bücher schreiben können, aber nein … Sie will ja lieber mit einer Frau vögeln.« In Rage nimmt er Annas Foto vom Schreibtisch und schmeißt es mit einem lauten Krachen in den Müll. »Was meinst du, wann sie dich satthaben wird? Wann sie sich langweilen wird mit dir? Und dann? Kriechst du zurück zu deinem Mann?« Ich schließe die Augen. »Rabenmutter! Glaub ja nicht, dass ich dir hier das Leben leicht machen werde!«

»Dagegen könnte ich allerdings vorgehen«, sage ich mit tonloser Stimme.

»Du willst mich verklagen?« Carsten lacht höhnisch. »Probier's doch mal!«

»Carsten …«

»Und glaub ja nicht, dass ich dir den Gefallen tun werde, dir zu kündigen.«

»Das musst du nicht. Das tue ich selbst.«

Als ich Anna später treffe, versuche ich, die Auseinandersetzung mit ihrem Exfreund zu verharmlosen. Aber sie sieht mir sofort an, dass etwas nicht stimmt. »Was ist los, Eva? Was hat er gemacht?« Also erzähle ich ihr alles. Am Ende schlägt sie die Hände über dem Kopf zusammen. »Das gibt's doch wohl nicht. Wie kann er so was …! Glaub mir, so habe ich ihn nie erlebt, nie! Ich hätte nicht gedacht, dass er zu solchen Worten überhaupt fähig ist.«

»Ich denke, er ist einfach verzweifelt.«

»Verzweifelt? Verletzte Eitelkeit trifft es wohl besser. Und wenn schon: So ein …!«

»Es ist okay, ich komme damit schon klar.«

»Nein, es ist nicht okay. Ich werde ihm den Arsch aufreißen.« Solche Worte sind neu an ihr.

»Tu's bitte nicht. Dann gerätst du nur auch noch in die Schusslinie.«

Anna fährt herum und starrt mich wütend an. »Ja, und? Glaubst du, ich bin ein kleines Mäuschen, das vor dem Übel der Welt beschützt werden muss? Ich kann gut auf mich selbst aufpassen.«

»Aber dann bekommt er genau das, was er will«, erwidere ich leise. »Deine Aufmerksamkeit.«

»Die kann er haben. Und wie!«

Kapitel 13

Ich weiß nicht, was Anna gemacht hat, aber es hat tatsächlich gewirkt. Carsten hält sich zurück. Was nicht heißt, dass er mich freundlich oder fair behandeln würde, aber wenigstens hat er die sexistischen Äußerungen und das offensichtliche Mobbing eingestellt. Trotzdem ist klar: Ich muss gehen. Und zwar so schnell wie möglich. Die unausgesprochene Bedingung für den fragilen Betriebsfrieden.

Zu Hause werden die nächsten Tage schier unerträglich. Peter redet nicht mit mir. Und er hat auch nicht vor, den Kindern zuliebe gute Miene zu bösem Spiel zu machen. Als ich Montagabend nach Hause gekommen bin, hat er bereits meine Sachen aus dem Schlafzimmer in Kisten gepackt und in mein Büro gestellt. Zu den gemeinsamen Essenszeiten erscheint er zwar nach wie vor, wechselt aber nur die allernötigsten Worte mit mir. Den Kindern gegenüber versuchen wir uns beide so normal wie möglich zu verhalten, aber Laura und Jonas haben natürlich längst mitbekommen, dass etwas nicht stimmt. Sie fragen nicht und sagen nichts, aber man merkt ihnen an, dass sie unter der angespannten Situation leiden. Es tut mir sehr weh.

Am nächsten Wochenende fahre ich zu meiner Mutter. Diesmal wirklich. Ich habe seit Langem mal wieder das Bedürfnis, mit ihr zu reden. Richtig zu reden. Sie hat schon am Telefon gemerkt, dass etwas nicht in Ordnung ist, und keine weiteren Fragen gestellt. Als ich Samstagmittag bei ihr ankomme, hat sie bereits gekocht. Gemeinsam sitzen wir uns an dem kleinen Tisch in der Küche gegenüber. Für zwei Personen lohnt es sich nicht, den großen Tisch im Wohnzimmer zu decken. Es fühlt sich an wie früher. Wie ganz, ganz früher, als es noch keinen Mann, keine Kinder und keine Verantwortlichkeiten gab.

Schweigend löffeln wir die Hühnersuppe, die üblichen Fragen zu Familie, Arbeit, Haus und Garten haben wir gleich zu Beginn geklärt. »Du siehst müde aus, Eva«, sagt sie zu mir, als ich den letzten Löffel heruntergeschluckt habe. »Habt ihr Ärger, Peter und du?« Das ist typisch. Problematische Themen werden erst angesprochen, wenn der Bauch zufrieden ist. Ich trinke einen Schluck Wasser und wische mir den Mund mit der Serviette ab.

»Es ist schlimmer, Mama. Aber irgendwann muss ich es dir ja erzählen.« Und ich erzähle. Von Silvester, von Anna, von Venedig, von Carstens Heiratsantrag und von Peters Scheidungswünschen.

Als ich fertig bin, schweigt meine Mutter. Sie steht auf und räumt die Teller ab. Ich höre, wie in der Küche das Geschirr klappert. Ein unterdrücktes Schluchzen, ein Schnäuzen. Stille. Nach einer Weile setzt sie sich wieder an den Tisch und schaut mich an. Ihre Augen sind gerötet, aber sie wirkt gefasst. »Und du bist sicher, dass du diese Frau …?«

»Ja.«

»Aber du hattest doch noch nie solche … Ich meine, woher möchtest du wissen, dass es nicht nur eine Phase ist?«

»Anna ist keine Phase, ich liebe sie. Ich weiß nicht, warum, es ist einfach so. Weil oder obwohl sie eine Frau ist, mehr kann ich dazu nicht sagen.«

»Und Peter liebst du nicht mehr?«

»Ich liebe Peter … anders. Er ist ein toller Ehemann, ein guter Vater, aber … unsere Beziehung hat sich verändert. Vielleicht habe ich mich auch verändert.«

Meine Mutter seufzt besorgt. »Und was ist mit den Kindern?« Ich streiche mir mit den Händen übers Gesicht. »Das ist ja gerade das Schlimme. Ich weiß es nicht. Es wird auf eine Scheidung hinauslaufen. Das habe ich eigentlich nie gewollt. Ich würde mir wünschen, dass Jonas und Laura erspart bliebe, was ich erlebt habe. Obwohl ich weiß, dass es sich nicht vermeiden lässt.«

Ich wollte nicht weinen, kann es aber nicht verhindern. Die Tränen laufen mir über die Wange und ich wische sie unwirsch weg. Meine Mutter reicht mir ein Taschentuch. »Ich habe das Gefühl, dass ich nicht besser als mein Vater bin, wenn ich mich für Anna entscheide.«

»Du bist nicht wie dein Vater.«

»Ich komme mir aber so vor.«

»Dein Vater hat hinter unserem Rücken eine neue Familie gegründet und sich danach nicht mehr für dich interessiert. Du hingegen hast dich verliebt – ohne deine Familie deshalb weniger zu lieben.« Jetzt fließen die Tränen erst recht. Ich putze mir die Nase. Meine Mutter greift sanft nach meiner Hand. »Die Frage ist nur, ob diese neue Liebe es wirklich wert ist, deine Familie dafür aufzugeben?«

»Warum geht denn nicht beides?«, frage ich leise. »Es ist das erste Mal seit Langem, dass ich wieder glücklich bin. Dass ich weiß, wie es ist, glücklich zu sein. Aus mir selbst heraus und nicht, weil andere es sind.«

Nach dem Essen stehe ich eine Weile am Fenster im Wohnzimmer. Der Frühsommer lässt den Garten aufblühen und meine Stimmung umso trauriger erscheinen. In einer Ecke an der Fensterfront steht der alte Flügel, den Georg damals hiergelassen hat. Ich setze mich und fahre mit den Händen über das kühle, glatte Holz. Er sieht aus, als ob er gestern erst bespielt worden wäre. Staubfrei und penibel gepflegt, wie alles im Haus meiner Mutter. Langsam öffne ich die Abdeckung der Klaviatur. Ich lasse einen Ton erklingen, dann noch einen. Der Flügel scheint gar nicht verstimmt zu sein. Wie von allein gleiten meine Hände über die Tasten, erforschen, suchen und finden eine Melodie. Als ob sie auch ohne meinen Kopf wüssten, was sie zu tun haben.

Ich lasse mich fallen. Wie ich es früher gemacht habe. Eintauchen in die Musik und mich nach und nach darin auflösen. Bis es kein Innen, kein Außen und keine Probleme mehr gibt. Ich verschmelze mit den Tönen und lasse meinen Fingern ihren Lauf. Die schon damals nach etwas gesucht haben, was der Verstand nicht greifen konnte.

Als ich das Lied beende, spüre ich eine Hand auf meiner Schulter. Meine Mutter. »Du kannst es immer noch«, sagt sie. »Das alles hat Georg dir beigebracht, erinnerst du dich?« Ja, ich erinnere mich. »Du hast so viel Ähnlichkeit mit ihm. Viel mehr als mit deinem Vater.«

»Ist er immer noch im Krankenhaus?«

»Ja. Die Ärzte haben ihm eigentlich nur ein paar Monate gegeben, aber du weißt ja, wie stark er sein kann. Vielleicht hat er das Gefühl, noch nicht fertig zu sein hier unten.« Wir starren eine Weile stumm aus dem Fenster, bis meine Mutter sagt: »Bring sie mit. Anna, deine Freundin. Ich möchte sie kennenlernen.«

Kapitel 14

»Ich hasse dich«, hat sie gesagt. Wütend, verzweifelt, in Tränen aufgelöst. Es gibt viele schlimme Dinge an einer Scheidung. Aber wenn dir dein eigenes Kind sagt, dass es dich hasst, ist dies das weitaus Schlimmste.

Peter und ich trennen uns. Nach über zwanzig Jahren Beziehung, dreizehn Jahren Ehe und zwei Kindern. Es schnürt mir den Hals zu, wenn ich mir bewusst werde, was ich verliere. Wie viele Erinnerungen, wie viele Gemeinsamkeiten, wie viel Glück. Eigentlich kann ich noch froh sein. Dass Peter Peter ist und nicht Carsten. Dass er eine Scheidung will, aber keinen Krieg. Er regelt die Dinge zügig, konsequent und kühl. Kalt trifft es besser. Der Mann mit dem spritzigen Charme und dem warmen Humor zeigt keinerlei Gefühlsregung, wenn er über Anwaltstermine und Kinder-Besuchszeiten redet. Ich habe das Bedürfnis, ihn zu berühren, zu umarmen, zu sagen, wie wichtig er immer für mich war und sein wird. Wie sehr ich ihn geliebt habe und immer noch liebe. Aber in seinen Augen wäre es wohl nicht mehr als blanker Hohn.

Den Hausschlüssel darf ich zunächst behalten. Damit ich, wenn Peter nicht da ist, nach den Kindern sehen kann. Von denen mich wiederum nur eines sehen möchte: Jonas. Er versteht, was geschieht, will es aber nicht wahrhaben.

Jedes Mal, wenn ich da bin, weint er und bittet mich, zurückzukommen. Auf der anderen Seite ist Laura, die mich so weit wegwünscht wie nur möglich. Sie vermeidet jeden Kontakt mit mir und ist oft gar nicht zu Hause, wenn ich komme. Ich weiß nicht, was schlimmer ist.

Ich bin bei Anna eingezogen. Sie hat es mir angeboten. Vorsichtig, einfühlsam, um ja nicht den Eindruck zu erwecken, sie wolle mich meiner Familie entreißen. Ich habe Ja gesagt und wohne nun mit ihr in der kleinen Dachgeschosswohnung mit dem Sechs-Quadratmeter-Büro. So lange, bis ich eine neue Arbeit gefunden habe und wir es uns leisten können, eine größere Wohnung zu suchen.

Auf einmal wird mir bewusst, wie wenig Gedanken ich mir je um das Finanzielle gemacht habe. Und wie schlecht ich eigentlich dastehe: Babypause, Halbtagsjob, keine eigenen Rücklagen. Alles ist stets in das Haus und die Kinder geflossen. Für die ich in Zukunft natürlich trotzdem sorgen will. Auch wenn ich noch nicht weiß, wie. Eigentlich ist mir nichts unwichtiger als all diese materiellen und bürokratischen Fragen. Trotzdem beherrschen sie zusehends mein Leben.

Und doch, so paradox es bei all der Trauer, dem Verlust und den Existenzängsten klingen mag: Wenn ich morgens die Augen aufschlage und Annas Atem an meinem Arm spüre, fühlt sich das richtig an. Ein kleiner Moment des Glücks. Es gibt kein Zurück.

Tatsächlich finde ich relativ schnell einen neuen Job. Ohne Führungsaufgaben und mit deutlich weniger Gehalt als vorher, aber immerhin. Größere Ansprüche kann ich in meiner jetzigen Situation wohl kaum stellen. Ich sage sofort zu. Renate ist die Einzige, die mich richtig verabschiedet. Die mir Pralinen mitgebracht hat und mich kurz, aber herzlich drückt, bevor ich die Firma für immer verlasse. Die anderen geben mir flüchtig die Hand oder murmeln ein »Mach's gut«. Gunnar sagt nichts. Er sitzt hinter seinem Bildschirm und wippt demonstrativ gelassen auf seinem Stuhl. Und Carsten? Den bekomme ich gar nicht zu Gesicht. Besser so.

Wenige Wochen später sehe ich Renate wieder. Seitdem wir nicht mehr miteinander arbeiten, scheinen wir uns fast besser zu verstehen als vorher. Sie fragt ab und zu, wie es läuft, und schickt mir ein Foto von meinem alten Arbeitsplatz, an dem sich jetzt Gunnar breitgemacht hat. Was mich nicht sonderlich verwundert. Carsten hat sich einen männlichen Verbündeten gesucht. »Unerträglich!«, kommentiert Renate die Situation.

Wir treffen uns nach Feierabend auf ein Bier. »Mensch, Eva«, sagt sie, nachdem wir uns begrüßt haben. »Sei froh, dass du weg bist!« Sie lässt sich auf den Stuhl fallen und atmet tief durch.

»So schlimm?«

»Schlimmer!« Ich muss insgeheim grinsen. Die Tendenz zu theatralischen Übertreibungen hatte Renate schon immer. »Seitdem du weg bist, breitet sich das Testosteron ungehindert in jedem Winkel unseres Büros aus.«

»Aber ihr Frauen seid doch klar in der Überzahl.«

»Sollte man meinen, ja. Aber seitdem Gunnar der neue Abteilungsleiter ist, kippt das Verhältnis.« Ich hätte es mir denken können.

»Der Chef hat ihn tatsächlich …?«

»Oh ja. Was mir an sich ja herzlich egal wäre, wenn er sich nicht so katastrophal benehmen würde. Früher war

Gunnar ja noch irgendwie lustig. Heute ist er nur noch ein Arschloch.« Starke Worte. »Was der sich für Sachen erlaubt … du willst es gar nicht wissen.«

»Ähm … doch!«, sage ich und grinse. »Macht er seinen Job wenigstens einigermaßen gut?«

»Das ist es ja gerade. Er kriegt nichts auf die Reihe. Absolut inkompetent – ob Mitarbeiterführung oder Projektmanagement. Und das, obwohl er, im Gegensatz zu dir, eine Assistentin an der Seite hat. Und jetzt rate mal, wer das ist.«

»Nein.«

»Doch.«

»Du Ärmste.«

»Ja, ich bin wirklich nicht zu beneiden. Jeden Tag ein Kollegenarsch vor der Nase, der seine fehlende Kompetenz mit blöden Sprüchen und Beleidigungen kompensiert. Höchstpersönlich abgesegnet vom Chef selbst.«

»Das tut mir echt wahnsinnig leid. Eigentlich hättest du seine Position verdient.« Renate macht eine wegwerfende Handbewegung. »Im Ernst, Renate, du hättest sie schon damals bekommen müssen. Der Chef hat mich vorgezogen, weil er mit meinem Mann befreundet ist. Meinem Exmann.«

Renate seufzt. »Ist schon in Ordnung. Du hast deinen Job gut gemacht. Das merkt man jetzt umso mehr. Und ganz ehrlich: Ich will ihn gar nicht haben. Ich will einfach nur weg. Und bin auch schon dabei, mich umzuschauen.«

»Kann ich gut verstehen. Hast du schon etwas in Aussicht?«

»Noch nicht. Ich muss erst mal Bewerbungsfotos machen, meinen Lebenslauf auf den neuesten Stand bringen und so weiter. Nach vierzehn Jahren in ein und demselben Betrieb ist das alles andere als einfach … zumal ich meine Arbeit ja eigentlich immer gern gemacht habe.«

Die Bedienung bringt das Bier und wir trinken beide einen großen Schluck. »Ich bin froh, dass ich den Absprung geschafft habe«, sage ich schließlich. »Der neue Job ist zwar auch kein Zuckerschlecken und darüber hinaus auch noch schlechter bezahlt, aber wenigstens kann ich wieder frei atmen.«

»Wirklich schlimm, wie dich der Chef behandelt hat.«

»Ich hatte übrigens nie etwas mit ihm. Ich meine, man bekommt ja mit, was so geredet wird.«

»Ich weiß. Du hast ihm seine Freundin ausgespannt – entschuldige meine Ausdrucksweise.«

»Was? Woher …?«

»Er hat es erzählt. Beim gemeinsamen Abendessen, wo gezwungenermaßen die ganze Abteilung mitmusste. Er war total betrunken. Hat die ganze Zeit nur blöde Witze gerissen. Und irgendwann die Geschichte von seinem Heiratsantrag erzählt. In welchen Worten, sage ich dir lieber nicht.«

»Mein Gott. Spinnt der?«

»Auf ganzer Linie.«

»Der macht sich doch damit …«

»Unglaubwürdig? Angreifbar? Zum Affen? Stimmt alles. Ich glaube, es ist nur noch eine Frage der Zeit, bis er wirklich mal eine Abmahnung von ganz oben bekommt. Denen ist ja alles egal, solange die Arbeit läuft. Die läuft aber nicht mehr gut.«

Ich trinke noch einen Schluck und frage zögerlich: »Und wie haben die anderen darauf reagiert? Also, eigentlich kann es mir ja egal sein …«

»Du warst eine Woche lang Gesprächsthema Nummer eins. Klar, es kamen die üblichen Sprüche zu Lesben und so weiter. Aber insgeheim waren alle ziemlich schadenfroh. Der Chef und sein gekränktes Ego. Das wird er nicht mehr los, ich versprech's dir.«

Renate grinst. Ich grinse. Dann müssen wir beide lachen.

Kapitel 15

Es ist 4.02 Uhr. Ich bin hellwach. Irgendetwas hat mich aus dem Schlaf gerissen. Wie so oft in letzter Zeit. Mein Herz rast, ich bin nass geschwitzt. Panik breitet sich in meinem Brustkorb aus und drückt mir die Luft ab. Ich habe Angst. Verlustangst. Jonas taucht vor meinen Augen auf, ich sehe das unschuldige Jungengesicht genau vor mir. Die Tränen, die Traurigkeit, den Schmerz, den ich ihm bereite. Untröstlich. Es macht mich fertig.

Ich versuche, ruhig zu atmen, ein und aus. Wenn ich mich auf meinen Körper konzentriere, entspanne ich mich. Aber ich schaffe es nicht, meine Gedanken zu beherrschen. Tagsüber habe ich sie im Griff, nachts ergreifen sie Besitz von mir. Unbarmherzig halten sie mir den Spiegel vor und konfrontieren mich mit den Konsequenzen meiner Entscheidung. Ich stehe nackt vor den Scherben meiner Existenz.

Das ist der Moment, in dem ich aus dem Bett aufstehe, aus dem Zimmer schleiche und so leise wie möglich die Tür hinter mir schließe. Anna soll nichts davon mitbekommen. Ich gehe in die Küche, stelle mich ans Fenster und drücke die Stirn gegen das kühle Glas. Der letzte Sommerurlaub flackert auf, der warme Sand, die sonnengetränkte Schläfrigkeit, der Salzgeschmack auf den Lippen. Lauras Kreischen, als sie mit einem großen Satz von Peters Schultern in die Wellen springt. War das nicht auch eine Form des Glücks?

»Mama« – Jonas steht vor mir, in einer Hand einen Kescher. Mit der anderen streckt er mir etwas Muschelartiges entgegen. Ich beuge mich zu ihm hinunter und inspiziere seinen Fang. Zunächst erkenne ich nur ein unscheinbares, von Meer und Sand verwaschenes Schneckenhaus. Dann entdecke ich ein paar winzige Beinchen, die sich vorsichtig aus der Öffnung heraustasten. »Ein Einsiedlerkrebs«, erklärt Jonas.

»Der ist schön«, sage ich. »Hast du ihn gefangen?«

»Ich habe ihn gefunden«, erwidert Jonas. »Er saß zwischen den Steinen.«

»Ui, dass du ihn da entdeckt hast.«

»Er war gut getarnt. Aber Janosch hat mir geholfen.«

»Ach so.« Jonas dreht die Muschel vorsichtig hin und her und betrachtet sie von allen Seiten.

»Und was machst du jetzt mit dem Krebs?«

»Ich schenke ihn dir.«

»Das ist lieb von dir.« Ich streichle meinem Sohn über den Kopf. »Aber sollen wir ihn nicht lieber zurück ins Meer setzen? Er braucht bestimmt Salzwasser, um zu überleben.«

»Wir können ihn in ein Glas mit Wasser tun und mitnehmen.«

»Meinst du denn, er wird sich bei uns wohlfühlen?«

»Ja, denn dann hat er eine Familie. Jeder braucht eine Familie.«

Meine Panik geht in ein tiefes Schluchzen über. Tränen laufen mir über die Wange und spülen all die unerträglichen Selbstvorwürfe aus mir heraus. Was bleibt, ist eine verzweifelte Sehnsucht. Der unbändige Wunsch, dass alles wieder wird, wie es war. Und die Frage nach dem »Warum«.

Es braucht lange, bis ich sie beantworten kann. Bis ich einen klaren Kopf bekomme und sich mein Puls beruhigt. Bis die zarte Wärme wieder aufkeimt, die ich für die Frau empfinde, die auf der anderen Seite des Flurs schlummert. Bis ich mir sicher bin: Hier möchte ich sein, nur hier kann ich wirklich ich sein, trotz allem.

Mit dem Ärmel wische ich die Spuren der Verzweiflung von der Scheibe. Ob ich die Zweifel jemals ganz verwischen kann, weiß ich nicht.

Kapitel 16

Ich werde dreiundvierzig. Und will eigentlich gar kein Aufheben um meinen Geburtstag machen. Mit wem auch? Meine Freunde sind auch Peters Freunde und die stehen mir nach der Trennung ablehnend oder bestenfalls neutral gegenüber. Man zeigt sich solidarisch mit dem Opfer, nicht mit dem Täter. Immerhin, es kommen mehr SMS als erwartet. Mit Floskeln, die kaum nichtssagender sein könnten. »Alles Gute zum Geburtstag, Eva!« und »Hab einen schönen Tag«. Einen Anruf bekomme ich nur von Jonas und von meiner Mutter. Das tut weh, ist aber verständlich.

Dafür bereitet mir Anna eine besondere Überraschung. Als ich morgens an den gedeckten Frühstückstisch komme – es ist Samstag –, fällt mein Blick sofort auf das Geschenk, das sie in der Ecke des Wohnzimmers aufgebaut hat: ein E-Piano. »Bist du verrückt?«, frage ich sie.

»Freust du dich nicht?«

»Doch, natürlich. Aber du kannst mir doch nicht so ein teures Geschenk machen!«

»Ach, komm. Das ist ja kein Steinway-Flügel. Außerdem sehe ich es als Investition: Jeden Sonntag ein Privatkonzert im Wohnzimmer.« Ich küsse sie.

»Danke, mein Schatz.«

Ich entdecke einen Brief, der zwischen den Tasten steckt. Darin ein schlichtes weißes DIN-A4-Blatt mit einem Gedicht. »Das habe ich in der Nacht geschrieben, als wir aus Venedig zurückgekommen sind«, sagt Anna etwas verlegen. Ich beginne zu lesen.

venezia
der süße hauch eines lächelns,
das zart die sonnenstrahlen umspielt:
venedig ist kein ort,
venedig ist ein gefühl.
schließ den verstand in seine kleine quadratische welt,
öffne den mund,
atme mit den augen
und berühre den wind,
der sich satt an dir ertrinkt.
dann wirst du erahnen,
was sich die gassen zuraunen,
wenn sie ihre köpfe zusammenstecken
und sanft ihre modrigen finger um dich schließen.
berühre ihre morbide, blätternde haut
und fühle deine eigene vergänglichkeit
an ihrem leib.

schicksal
scheinen dir die grünen kanäle modrig entgegenzumurmeln,
wenn sie schmatzend deinen schritt begleiten
und zärtlich die gebeine deiner väter umspülen.
spürst du die jahrhundertealten blicke,
die dir die hausfassaden verstohlen zuwerfen?

sie kleben dir im nacken,
wenn du in den gleißenden lichtpegel hinaustrittst,
in die abgezirkelten sonnenflächen,
die dich urplötzlich verschlucken.
rieche, schmecke, spucke die wärme,
die deinen körper durchfließt wie lebendiges gold.
und pruste, lache, weine die lebendigkeit,
die dich für einen augenblick in ihre arme schließt.

dann lass dich fallen.
in die bleiernde masse,
die dich langsam verschlingt.
sanft und schwer und unendlich friedlich.
leise. zart. glücklich.
venedig ist kein ort,
venedig ist ein gefühl.
und das gefühl bist du.
es ist eins mit dir.
wie der süße hauch deines lächelns.

»Ich liebe dich.«

»Ich liebe dich auch.«

Noch etwas anderes hat Anna für mich vorbereitet: eine Überraschungsparty in einer kleinen Cocktailbar. Mit denjenigen Freunden, die geblieben sind. Nicht viele, zugegeben, aber es wird trotzdem eine hübsche Runde. Elena, Renate, Franziska und noch eine andere Freundin von Anna, Sandra, sind dabei. Eine Konstellation, die fantastisch passt. Elena und Franziska überbieten sich mit Anekdoten aus ihrem Arbeitsleben. Und Renate scheint sich zwischen Manhattan und Martini sichtlich wohlzufühlen.

Irgendwann sagt sie unvermittelt: »Ach, Eva, was ich dir noch erzählen wollte …«

»Ja?«

»Ich habe eine gute Freundin, die auch von ihrem Mann getrennt ist. Die beiden haben ein Kind zusammen und so eine Art Teilzeitmodell vereinbart. Also, eine Woche ist das Kind bei der Mutter und eine beim …« Sie verstummt, als sie die Gesichter um sich herum sieht. Ein betretenes Schweigen hat sich breitgemacht. Franziska betrachtet ihre Fingernägel und Anna legt mir eine Hand auf den Rücken. »Oh, entschuldige«, murmelt Renate und errötet, »bin ich mal wieder zu sehr vorgeprescht. Tut mir wirklich leid, geht mich ja gar nichts an.«

»Nein, nein, das ist schon okay«, erwidere ich. »Ich muss mich ja damit auseinandersetzen … Und mit wem sollte ich darüber reden, wenn nicht mit euch? Erzähl weiter!«

»Na ja«, fährt Renate zögerlich fort, »jedenfalls teilen sich die beiden das Sorgerecht für das Kind. Was erstaunlich gut funktioniert, wie meine Freundin erzählt hat. Die Kleine, sie ist zehn, hat sich daran gewöhnt, mal bei der Mama und mal beim Papa zu wohnen. Im Prinzip hat sie jetzt zwei Zuhause.«

»Wohnen sie denn in der gleichen Stadt?«, fragt Elena.

»Ja. Zum Glück. Aber klar, einfach war es natürlich nicht. Anfangs haben sie versucht, dem Kind zuliebe weiter zusammen wohnen zu bleiben, aber das hat nicht funktioniert. Ganz im Gegenteil, es hat die Spannungen nur erhöht. Und die Kleine hat die Diskussionen zwischen ihren Eltern natürlich mitbekommen und darunter gelitten. Irgendwann haben sie sich dann für ein – nennen wir's – Wechselkonzept entschieden. Eine Woche hier, eine dort.

Denn dass die Kleine auf einen Elternteil verzichten muss, kam für meine Freundin und ihren Ex nicht infrage.«

»Und das klappt?«, fragt Sandra.

»Mittlerweile wohl recht gut. Es ist zwar viel Organisationsaufwand, aber dafür gehen die beiden respektvoller miteinander um und reden auch wieder mehr miteinander. Es bleibt ihnen ja gar nichts anderes übrig. Für die Kleine bedeutet das, dass sie immer noch beide Eltern hat, aber ohne die ständigen Streitereien. Und den neuen Freund meiner Freundin hat sie auch schon akzeptiert.«

»Patchwork also«, wirft Franziska ein.

»Ja, vielleicht.«

»Ich glaube, das Problem ist«, schaltet Sandra sich ein, »dass es keine Vorbilder gibt. Alle denken: Eine gute Familie besteht aus Vater, Mutter, Kind. Nur diese Konstellation bietet Schutz und Harmonie, alles andere kann nicht funktionieren. Warum eigentlich nicht?« Die anderen nicken zustimmend.

»An dem Punkt bin ich noch gar nicht«, sage ich leise. Es kostet mich Mühe, meine Gedanken in Worte zu fassen. »Momentan fühle ich mich einfach nur wie eine Mutter, die ihre Familie verlassen hat, weil sie ihr persönliches Glück für wichtiger hält.«

»Moment«, unterbricht Elena mich, »so solltest du das nicht sehen! Du hast Peter verlassen und nicht deine Kinder. Die liebst du deshalb doch nicht weniger.«

»Und was haben sie davon?«

»Eine Mutter, die aufrichtig ist und ihnen kein Leben vorspielt, das sie gar nicht will! Glaubst du denn, deine Kinder wären besser dran mit einer ständig präsenten, aber unglücklichen Mutter?«

»Ich weiß es nicht … Ich weiß nur, dass für mich so ein Modell gerade unmöglich wäre. Wo sollen Laura und Jonas denn wohnen? Ich kann ihnen keinerlei materielle Sicherheiten bieten. Und ich möchte sie, ehrlich gesagt, auch gar nicht aus ihrer vertrauten Umgebung herausreißen. Das würde es nur noch schlimmer machen.« Anna streichelt mir sanft über den Rücken und sagt leise zu mir gewandt: »Ich bin da. Wofür auch immer du dich entscheidest.« Ich schaue sie dankbar an und greife nach ihrer Hand.

Eine Weile herrscht Schweigen in der Runde. Dann haut Elena beherzt auf den Tisch: »So, und jetzt ist Schluss mit Trübsal, meine Damen! Der nächste Mojito geht auf mich! Wo bleibt der süße Kellner?«

Als Anna und ich später Arm in Arm nach Hause laufen, vibriert mein Handy in der Jackentasche. Ich schaue aufs Display und bleibe wie angewurzelt stehen. »Alles klar, Schatz?«, fragt Anna. Ich nicke und muss unwillkürlich lächeln. Laura hat mir eine Nachricht geschickt. »Herzlichen Glückwunsch, Mama!«, steht darin. Und: »Hast du morgen Zeit?«

»Laura hat geschrieben«, antworte ich. Und schreibe zurück: »Danke, mein Schätzchen. Natürlich habe ich Zeit für dich. Soll ich dich nach dem Frühstück abholen? So gegen 10 Uhr?«

»Ja.« Die Antwort kommt prompt.

»Prima, ich freue mich. Bis morgen. Küsschen, Mama.«

»Wir treffen uns morgen«, sage ich zu Anna. Und muss die Tränen wegzwinkern, die sich gerade in meinen Augenwinkeln sammeln.

Sie nimmt mich in den Arm und sagt: »Siehst du, irgendwann wird doch noch alles gut. Oder zumindest ein bisschen besser.«

Kapitel 17

Als sich die Haustür öffnet, habe ich Herzklopfen. Meine zwölfjährige Tochter steht vor mir und mustert mich. Ich habe das Gefühl, dass sie schon wieder gewachsen ist, seit wir uns das letzte Mal gesehen haben. Flüchtig. Das ist bestimmt drei oder vier Wochen her. Ich umarme sie und muss mir Mühe geben, dabei nicht zu überschwänglich oder emotional zu sein. Das würde ihr wahrscheinlich nicht gefallen. Laura erwidert meine Umarmung nicht, legt aber ihren Kopf auf meine Schulter. Ganz kurz, dann macht sie einen Schritt zurück.

»Papa ist mit Jonas zu Oma und Opa gefahren«, sagt sie. Das gibt mir einen kurzen Stich, aber ich nicke verständnisvoll.

»Möchtest du hierbleiben?«

»Nein, ich möchte ein Eis essen gehen.«

»Einverstanden. Zum verrückten Eismacher?« Laura nickt. Der verrückte Eismacher in Schwabing macht so ziemlich alles zu Eis, was man unter keinen Umständen damit in Verbindung bringen würde. Darunter Bier, Parmesan und Weißwurst. Laura liebt ihn.

Die Fahrt verläuft recht einsilbig. Ich erzähle ein paar unverfängliche Dinge über die neue Arbeit und Laura verliert zwei, drei Sätze zur Schule. Privates meiden wir. Erst, als ich

Laura ein Birne-Holunder- und mir ein Sesam-Krokant-Eis gekauft habe, lockert sich die Stimmung ein wenig. Wir schlendern in den Englischen Garten und schlecken unser Eis. Der Sommer zeigt sich von seiner schönsten Seite, die Sonne brennt und wir laufen von einem Schattenplätzchen zum nächsten, um uns abzukühlen.

»Nächste Woche fangen die Ferien an«, sagt Laura. Tatsächlich? Das hatte ich total vergessen. Ich will lieber nicht darüber nachdenken, wie schnell die Zeit vergeht.

»Oh, wie schön!«, sage ich etwas zu enthusiastisch. »Wisst ihr schon … macht ihr etwas Schönes in den Ferien?«

»Papa hat gesagt, wir müssen es diesmal spontan machen. Er hat so viel Arbeit. Vielleicht fahren wir an den Gardasee.« Gern hätte ich Laura angeboten, dass wir auch ein paar Tage zusammen Urlaub machen könnten. Jonas, sie und ich. Vielleicht sogar mit Anna, wenn sie das möchten. Aber ich traue mich nicht.

Stattdessen sage ich: »Der Gardasee ist doch sehr schön. Dann könnt ihr eure Schnorchelsachen mitnehmen.«

»Ich glaube, Jonas wird eher sein Mikroskop mitnehmen.«

»Ach, ja? Hat er eins?«

»Opa hat ihm sein altes geschenkt. Seitdem starrt er ständig in das Ding. Nichts ist mehr vor ihm sicher, alles will er drunterlegen.«

»Was denn zum Beispiel?«

»Na, Spucke, Katzenfutter, zerquetschte Mücken, Haare, Fingernägel.« Laura kichert. »Letztens hat er sogar ein Kaugummi zwischen die Gläser gequetscht, da war alles verschmiert. Papa musste es ihm mit Terpentin reinigen.« Ich muss an den Einsiedlerkrebs denken und an Jonas' großes Interesse für die kleinen Dinge. Wie gerne würde ich ihm über die Schulter gucken, während er konzentriert am Mikroskop sitzt. Er würde mich hindurchschauen lassen und mir erklären, was es mit all den winzig kleinen Details auf sich hat. In seiner einfachen, fantasievollen Jonas-typischen Sprache. Ich versuche, einen Anflug von Sehnsucht zu unterdrücken.

»Und du, findest du das auch spannend?«

»Nee, voll öde. Ich gehe lieber klettern.«

»Klettern?«

»Ja!« Lauras Augen glänzen. »Ich habe erst vor ein paar Wochen damit angefangen, bin aber schon richtig gut. Wenn ich so weitermache, kann ich bald schon im sechsten Grad klettern.« Was auch immer das bedeutet. Mir wird ein bisschen mulmig bei dem Gedanken.

»Ist das nicht gefährlich?«

»Quatsch. Man hängt ja am Seil und da steht unten einer, der einen sichert.«

»Ach so. Hoffentlich passt der gut auf. Gehst du mit Susi dorthin?«

»Ja. Unsere Sportlehrerin hat einen Ausflug mit uns in die Kletterhalle gemacht und wir fanden's voll gut. – Schau mal!« Laura bleibt stehen und hält mir ihr Handy vors Gesicht. Trotz der blendenden Sonne erkenne ich Laura, die wie ein Käfer eine Wand mit bunten Griffen raufkrabbelt. Ein bisschen zu weit oben, nach meinem Geschmack. »Guck, ich bin mit einem Gurt gesichert.«

Ich nicke. »Sehr schön. Dann bin ich beruhigt.«

Wir schlendern weiter durch den Park und plötzlich fällt mir etwas ein: »Triffst du dich in den Ferien mit Emil?«

»Pff«, sagt Laura bloß. Aber ich kann sehen, dass ich damit einen wunden Punkt getroffen habe, und bereue die

Frage gleich wieder. Laura redet von sich aus weiter: »Er ist nicht mehr mein Freund.« Ich bin erleichtert.

»Oh.«

»Und ein Idiot.«

»Das ist ja eigentlich nichts Neues, oder?«, entfährt es mir unbedacht. Aber Laura nimmt es mir nicht übel.

»Nee, überhaupt nicht. Er hat Schluss gemacht.«

»Hmm, das tut mir leid … Warum?«, frage ich vorsichtig.

»Weil er doof ist, Mama. Aber wirklich! Ich habe ihn ausgelacht und da war er beleidigt.«

»Was hat er denn gemacht?«

»Stell dir vor: Unser Lehrer hat ihn gefragt, wer Adolf Hitler war. Und weißt du, was er gesagt hat?«

»Nein.«

»Der Bundespräsident von Deutschland. Im dritten Weltkrieg. Ist das nicht bescheuert?« Ich muss lachen. »Ja, das ist wirklich bescheuert.«

»So doof, sag ich dir!« Wir lachen beide. Das verbündet. Mutter und Tochter. Gegen die doofen Männer.

Irgendwann werde ich wieder ernst. »Ähm«, sage ich, »hast du eigentlich mit ihm …?«

»Was? Nee! Iiiihhh!« Laura verzieht das Gesicht. Mir fällt ein Stein vom Herzen.

»Wollte er etwa?«

»Mama!« Das scheint schon wieder peinlich zu sein. Trotzdem fährt Laura fort: »Der hätte sich das nie getraut! Küssen war ja auch schon eklig. Aber irgendwann muss man ja mal küssen.« Ich hätte ihr gern gesagt, dass sie überhaupt nichts muss. Nicht küssen und auch sonst nichts. So lange, bis sie das selbst will. Aber ich möchte nicht die peinliche Mama mit dem erhobenen Zeigefinger sein. Nicht heute.

»Wie geht es deiner Freundin?«, fragt Laura plötzlich. Ich hätte mich beinahe an dem Rest von meinem Eis verschluckt. Hastig schlinge ich es herunter und sage: »Ja. Es geht ihr gut. Danke.«

»Bist du glücklich?« Oh, mein Gott. Ich bleibe stehen und schaue sie an.

»Schätzchen, ja, ich bin glücklich mit Anna. Aber ich bin nicht glücklich mit der Situation. Ich bin sehr unglücklich, dass ich nicht mehr bei euch sein kann.«

»Papa hat gesagt, beides geht nicht. Du musstest dich entscheiden.«

»Da hat Papa wahrscheinlich recht«, sage ich. Meine Stimme klingt heiser. Ich habe einen Kloß im Hals.

»Er hat gesagt, so was kann passieren. Dass sich Menschen in andere Menschen verlieben. Auch, wenn sie erwachsen und schon lange verheiratet sind. Er hat gesagt, dass du uns trotzdem genauso lieb hast wie vorher.«

»Ja, das habe ich«, sage ich. »Und wie!« Ich kann die Tränen kaum noch unterdrücken.

Aber Laura ist schneller. Sie sagt: »Dann ist ja gut.« Und: »Jetzt will ich ein Spezi!« Bevor sie sich umdreht, drückt sie mich kurz.

Als ich nach Hause komme, liegt Anna auf dem Sofa. An manchen Tagen kann sie das stundenlang. Um über ihre Geschichten nachzudenken, sagt sie. Dann bekommt sie diesen Blick, der irgendwo ins Nirgendwo geht, während sie gedankenverloren eine Strähne zwischen ihren Fingern dreht. In diesen Momenten liebe ich sie besonders.

»Wie war's?« Statt einer Antwort lege ich mich zu ihr aufs Sofa und küsse sie. Mein Lächeln spricht für sich.

Sie streicht mir die Haare aus der Stirn und sagt langsam: »Ich habe mich in dich verliebt, wie sich die Sterne in den Mond und die Wellen in den Wind verlieben … Findest du das kitschig?«

Ich schüttle den Kopf.

»Das wird der Anfang meines neuen Buchs.«

»Da bin ich aber froh. Ich hatte schon die Befürchtung, du meinst mich damit.« Anna lacht und stößt mich spielerisch von sich weg. Ich ziehe sie an mich und lege meinen Mund auf ihren. Das Lachen verstummt. Ihre Lippen werden warm und weich. Alles wird warm und weich.

Epilog

Er ist an ein Atemgerät angeschlossen, das in gleichmäßigen Abständen Luft in seine Lunge pumpt. Sein Brustkorb hebt und senkt sich und macht dabei ein leises pfeifendes Geräusch. Ich bin allein mit ihm in einem faden Krankenhauszimmer mit kahlen weißen Wänden. Es riecht nach Desinfektionsmitteln. »Georg«, sage ich mit heiserer Stimme. Und noch mal etwas deutlicher: »Georg!«

Das gespenstartige Wesen dreht langsam den Kopf in meine Richtung und schlägt die Augen auf. Seine Augäpfel sind gelblich, seine Gesichtshaut ist fahl und durchscheinend. Etwas wie ein Lächeln zeichnet sich in seinen Mundwinkeln ab. Er versucht zu sprechen. Es funktioniert nicht. Aber ich kann die Worte erahnen, die er mit den Lippen formuliert: »Danke, dass du gekommen bist.« Er streckt mir seine Hand entgegen.

Ich habe das Bedürfnis zu weinen. Wo ist mein Patenonkel geblieben? Mit der sanften, sonoren Stimme, die immer ein paar beruhigende Worte parat hatte? Mit dem gepflegten Auftreten und der athletischen Figur, um die ihn selbst Zwanzigjährige beneidet haben? Ich betrachte die langgliedrigen Finger, die sich zu einer arthritischen Klaue verformt haben. Knorrig wie die Apfelzweige in Mamas Garten. Die Klavierspielerfinger, die früher scheinbar mühelos über die Klaviatur getanzt sind. Georg, der Musische, Begabte, Beliebte. Nicht mehr als eine leblose Hülle auf einem Krankenhausbett.

Ich greife nach seiner Hand. Sie ist kalt und dünn. Dann beginne ich zu erzählen. Von meiner Familie, von meinen Kindern, von Anna, von der Trennung, von meinem neuen Zuhause. Von all den schönen und all den traurigen Dingen. Und dass ich wieder angefangen habe, Klavier zu spielen. Ganz zum Schluss sage ich leise: »Ich habe endlich gefunden, was ich wollte. Aber ich weiß nicht, ob ich es schaffe.«

Mühsam drückt Georg meine Hand und lächelt. Dann flüstert er: »Du kannst alles schaffen, was du willst. Eva, kleine Eva.«